W0208964

Sur l'auteur

Robert Goolrick est l'auteur de *Une femme simple et honnête*, *Féroces*, *Arrive un vagabond* (Grand Prix des lectrices de *ELLE* 2012), *L'Enjoliveur*, *La Chute des princes* (Prix Fitzgerald 2015) et *Après l'incendie*. *Ainsi passe la gloire du monde* est un roman écrit uniquement pour la France, où l'écrivain a trouvé une terre d'asile littéraire.

Du même auteur
aux Éditions 10/18

LA CHUTE DES PRINCES, n° 5023
FÉROCES, n° 5024
UNE FEMME SIMPLE ET HONNÊTE, n° 5025
ARRIVE UN VAGABOND, n° 5026
APRÈS L'INCENDIE, n° 5291
AINSI PASSE LA GLOIRE DU MONDE, n° 5561

ROBERT GOOLRICK

AINSI PASSE LA GLOIRE DU MONDE

Traduit de l'anglais (États-Unis)
par Marie de Prémonville

10/18

ÉDITIONS ANNE CARRIÈRE

Titre original :
Prisoner

© Robert Goolrick, 2019.
© S. N. Éditions Anne Carrière, Paris, 2019,
pour la traduction française.
ISBN 978-2-264-07644-1
Dépôt légal : août 2020

Pour la France,
mon cœur,
et Richard Macksey,
un ami sans pareil

« Je suis le seul homme honnête que je connaisse. »

Nick Carraway,
Gatsby le Magnifique

1

La parade de l'amour dans le noir

Le jaillissement soudain de la flamme dans l'obscurité, suivi du claquement rassurant du couvercle du Zippo en argent massif. Le brasillement mouvant du bout de la Marlboro qui va et vient entre ses lèvres et le cendrier préféré de sa mère – une conque argentée parfaitement astiquée et miroitante, qu'il garde rituellement sur sa table de chevet, parée pour la dernière cigarette de la journée ou la première, à 4 heures du matin, lorsque la pièce n'est éclairée que par la pointe de tabac embrasé et le croissant de lune placide qui traverse la haute fenêtre de sa chambre à plafond cathédrale.

Il fait un froid de gueux. En allant se coucher, il met en route la climatisation et baisse la température à 16 degrés. Il tend le bras pour attraper sa robe de chambre en soie doublée de cachemire, aujourd'hui en loques, triste symbole d'une beauté enfuie, et l'enfile. La douleur est déjà là et, l'espace d'un instant, tout demeure suspendu et silencieux : les figures indolentes de la cendre ardente, telle la pirouette ralentie d'une baguette rougeoyante, et l'exhalation entre ses lèvres, la fumée flottant dans l'air comme le baiser d'une catin, sensuel et à coup sûr fatal.

Un, la cigarette. Deux, la flamme, le claquement,

la fumée qui lui tapisse les poumons. Un. Deux. Combien, sur une vie ? Depuis l'âge de quinze ans, vingt par jour, sept jours par semaine, les semaines s'accumulant pour former des années. Combien ?

Quatre cent un mille cinq cents. La beauté de la flamme, le tintement métallique du Zippo, la mort douce et lente pénétrant dans ses poumons. Comme il aime ça.

Et, convoquée par la première inhalation, la première pensée du jour. Ce matin, dans le noir, avec pour seule illumination la lune argentée au-dessus de la rivière : quand on fait l'amour pour la dernière fois, sait-on que c'est la dernière ? Lorsqu'on relève le visage après l'ultime baiser donné à l'amant d'une nuit, aperçoit-on furtivement sur le sien le masque de la mort et du désespoir ? La chair tendre qui se putréfie, les yeux qui s'enfoncent dans leurs orbites, le souffle arrêté non plus par l'extase, mais par la stase post mortem ? Sent-on le coup de grâce porté à notre désir, et à toutes les passions de notre jeunesse ? Sait-on qu'une partie essentielle de notre cœur a péri, et que rien ne le ramènera d'entre les morts ? Tout cela flotte-t-il entre notre visage et celui de notre amant, pareil aux volutes de fumée dans l'air ?

Comprend-on que le suc de notre corps, signe extérieur et visible de notre passion intérieure et invisible, de notre désir même le plus égoïste, ne coulera plus jamais, que de l'autre côté du lit les draps ne seront plus jamais froissés ? La femme de ménage qui vient tous les lundis – du moins, jusqu'à ce qu'on ait à lui annoncer, la mort dans l'âme, qu'on ne peut plus s'offrir ses services, en lui tendant une liasse de billets qu'on ne peut se permettre de dépenser –, cette femme contemplera ce côté du lit et verra les draps lisses et immaculés, et les plis droits qu'elle aura façonnés au fer chaud la semaine précédente, toujours bien nets, les taies d'oreiller intactes.

Pourtant, chaque lundi, elle emportera le linge de lit chez elle, le lavera et le repassera. Et elle devinera que l'on est non seulement seul, mais sans amour.

Sait-on tout cela en cet instant, ou bien ne le saisit-on que trop tard, une fois la partie terminée, l'affaire classée ?

Pleure-t-on, alors ? Est-on changé en pierre ? Regarde-t-on son dernier amant d'emprunt se lever, enfiler son pantalon et rentrer chez lui retrouver femme et enfants ? S'arme-t-on de courage pour affronter le vide à venir ? Avale-t-on sa poignée de cachets avant de poser la tête sur le bel oreiller et de fermer les paupières, livré au désespoir ?

Non. On dort en paix, de cette paix singulière qui nous gagne après qu'on a parlé le langage du corps – la première et la plus immédiate des langues, muette, aussi délicieuse que le murmure de la rivière –, dans cette certitude que demain ressemblera à aujourd'hui, que la nuit prochaine sera identique à celle-ci, à toutes les autres, que quelqu'un viendra et qu'on se jettera à nouveau dans cette lutte corps à corps que l'on a remportée mille fois, dix mille fois, par une même nuit étoilée et parfumée, dans des manoirs, des appartements, des ruelles sombres sous les regards avides. On ne peut pas dire que l'on n'a pas essayé. Que l'on n'a pas vécu une vie sensuelle. On n'a aucune raison de craindre qu'il n'en sera pas toujours ainsi, que cessera ce tourbillon éternellement surprenant mais de moins en moins intéressant. C'est comme fumer : ce n'est pas la peur de la mort qui lasse, simplement l'ennui de la répétition, immuable – la main tendue vers le paquet familier, le Zippo étincelant, la flamme puis la fumée qui infeste tout.

Non. On n'a aucune raison de craindre que ça s'arrête.

Stephen dit que son grand-père est resté sexuellement actif jusqu'à ses quatre-vingt-six ans. Il y a des gens qui meurent d'un infarctus en plein coït à quatre-vingt-quatorze ans. C'est dans le journal, alors c'est forcément vrai. *Fake news*.

Non. Aucune raison.

Il pousse un gémissement lorsque la première décharge de douleur, une flèche tirée depuis son pied, lui traverse la jambe jusqu'à la hanche. Ça ne dure pas. La maison demeure silencieuse. Personne ne se précipite à son secours, car *il n'y a* personne. Le cri s'est tu. Le chien quitte le lit pour aller se coucher sur le carrelage froid de la salle de bains. Rooney se retrouve seul avec la douleur, l'obscurité, ses draps parfaits, et sur sa peau le parfum de son amant si récemment disparu. Cette douleur qui a fait irruption il y a neuf ans ne gouverne plus seulement sa vie, elle est *devenue* sa vie, elle le définit, elle est tout ce que voient les gens lorsqu'il est assez vaillant pour se rendre au supermarché. Il dépose sa canne dans le Caddie auquel il s'arrime pour parcourir les rayons, en s'échinant à ne pas traîner les pieds, à ne pas voûter les épaules et à ne pas se plier en deux, tous ces efforts pour ne pas inspirer la pitié, pour ne pas avoir l'air d'un vieillard pitoyable, bien plus âgé qu'il ne l'est en réalité, vieux pingre accroché à son Caddie comme à sa dernière bouée et priant pour ne pas tomber, comme ça lui arrive si souvent.

Rooney reste allongé dans le noir, dans son lit juste assez haut pour lui permettre de contempler le clair de lune sur la rivière. Un chef-d'œuvre de la main de Dieu, qui l'émeut au-delà du dicible. Tout le bouleverse, à présent. Il est devenu sentimental, avec la douleur, l'obscurité, et c'est toujours la même chose, la parade des visages, ceux des hommes et des femmes qu'il a aimés. Ils viennent à lui, comme ceux des enfants qui caracolent sur les chevaux cabrés et multicolores, dans la folle cavalcade du manège.

Très tôt, Rooney s'était rendu compte que, lorsqu'il aimait vraiment quelqu'un, il ne distinguait plus sa figure, quand il fermait les yeux. C'est ainsi qu'il avait appris à faire le départ entre la simple toquade ou affection passagère et l'amour véritable. Le visage de sa mère, par exemple, était flou jusqu'à ce point précis sur la frise chronologique de son enfance, cet instant qui avait fait ressortir brutalement ses traits avec une netteté hideuse : les lèvres trop rouges simulant la gaieté quand elle n'en ressentait aucune, la poudre accumulée sur sa peau qui finissait par se craqueler à mesure que se creusaient les rides, les yeux qui semblaient rapetisser avec l'âge, tout cela était apparu subitement à Rooney avec une clarté brûlante, qui lui calcinait le cœur.

Bien plus tard, en découvrant l'histoire de M. et d'Albertine, Rooney s'était redressé subitement dans son fauteuil, sous le choc, en lisant que M. ne parvenait plus à se remémorer le visage d'Albertine en son absence. Dans cette révélation, comme dans tant d'autres qu'il devait avoir à la lecture de ce roman qu'il considérerait comme le seul jamais écrit, il s'était senti moins isolé, moins abandonné, moins anormal.

À présent, dans le noir, à tenter de ralentir la parade des visages pressés, il lui semble qu'il essaie de retenir du mercure au creux de sa main. Ils sont si nombreux, qui surgissent en désordre. Il a tant aimé, aimé si intensément, qu'il n'en est pas un qu'il n'aime encore aujourd'hui ; peu importe comment s'est achevée l'histoire, elle ne s'est jamais achevée pour lui, malgré la certitude profonde qu'aucun de ses bien-aimés ne pense plus à lui, désormais. Il n'est pas tant oublié qu'éclipsé ; il n'y a plus un amant pour se remémorer ce que Rooney a représenté pour lui. Il n'a pas laissé d'empreinte. Plus rien ne le retient dans leur vie à tous, si bien que, en se détachant de leur corps, il a aussi quitté leurs pensées et leur cœur. Autrefois, avant la chute, avant ce cri dans la nuit – dans ce lieu où il vit désormais, et qu'il a baptisé le Cabanon –, avant qu'on le bannisse de cette ville dont il était jadis le prince, avec ses bras forts, ses épaules larges et son gros portefeuille qui ouvrait toutes les portes, il lui arrivait de temps à autre d'en croiser un ou une, dans la rue. Certains passaient en lui jetant un bref regard lourd de haine, d'autres le considéraient avec compassion, d'autres enfin avec cet air vague de celui qui est sur le point de se souvenir. Parfois, il y en avait un pour s'arrêter et lui dire : « Il faut qu'on déjeune, un de ces jours », sans spécifier ni la date ni le lieu, avant de filer, col relevé, dans le vent hivernal implacable qui fait de la 57e Rue la voie la plus longue et la plus glaciale du monde. « Mais je t'aime, avait envie de hurler Rooney à ce dos qui s'éloignait, tu dois t'en souvenir ! » Naturellement, il s'en gardait bien. Il préservait indéfectiblement leurs silhouettes furtives dans son cœur, dans un élan déchirant de gratitude pour ce qu'ils avaient incarné et incarnaient toujours, ne fût-ce que pour lui.

À présent, ils reviennent, en une parade galante et enjouée que ne vient troubler qu'un martèlement constant, un effroi incessant qui n'a rien à voir avec Rooney ou sa douleur, ou avec le Cabanon qu'il envisage avec horreur comme sa dernière demeure. Car où irait-il ? Par quels moyens ? Et qui lui ouvrirait la porte ? Non, ce cognement de tous les instants, c'est autre chose. Ce qui dérange la parade des visages chéris, c'est le séisme sous ses pieds, tandis qu'on lui arrache le pays qu'il a aimé et que le simple nom de l'Amérique est désormais un sujet de mépris qu'on évite de citer dans les conversations, même entre compatriotes. Dans la douleur et le deuil, dans la perte de tout ce qu'il existe de bon et d'honorable, en dépit de la certitude qu'il n'y aura pas d'après, le défi est de continuer à aimer, et Rooney le relève chaque jour.

C'est ainsi, désormais. Tout est souillé, plus rien n'a conservé sa pureté. Ils blaguent, et leurs blagues sonnent creux, leurs blagues sont terrifiantes. Le pays qu'il aimait a trépassé, un nouveau lui a succédé, et, frappé par la douleur, la pauvreté qui l'ont vieilli si prématurément, Rooney a franchi depuis longtemps le seuil au-delà duquel toute fuite est inconcevable. Il rêve de sa France bien-aimée, ou de l'Irlande, de cette région où poussent les palmiers, tout en sachant que jamais il n'arrivera jusque-là. Pas de Père-Lachaise pour lui.

Il sera inhumé – sous peu, espère-t-il – dans un cercueil en osier comme celui de la duchesse de Bedford, dans une vieille concession familiale près d'une chapelle abandonnée, où son grand-père et sa mère sont enterrés, ainsi que son arrière-grand-père avec sa nourrice noire à ses côtés, comme l'indique le petit panneau tout simple marqué « Evelyn, amie et nourrice ».

Mais il n'est même pas certain de l'obtenir. Il l'a bien spécifié dans son testament, le cercueil et la concession, et aussi que personne ne l'escorte lorsqu'il abandonnera derrière lui son pays s'enfonçant dans les enfers de son paisible pas de l'oie. Mais les vagues inconnus qui lui tiennent lieu de famille honoreront-ils cette dernière volonté ?

La douleur fuse dans ses jambes. Il allume sa lampe de chevet, trouve le pilulier et en sort quatre cachets, deux contre la douleur et deux contre l'angoisse, en laisse échapper un par inadvertance et pousse un juron avant d'en reprendre un autre et d'avaler le tout. Puis il éteint, replonge dans les ténèbres pour mieux distinguer leurs visages.

Qu'il disparaisse. Qu'il crève dans le caniveau d'où il vient, ce sale gosse bouffi. Qu'ils soient pendus par les pieds en place publique, lui et ses enfants, comme Mussolini, et qu'on prenne des photos qui viendront illustrer ce récit édifiant auprès des générations futures. Mais même ça ne suffirait pas. Irrécupérables, tous autant qu'ils sont. Il n'y aura pas d'après.

Il ferme les paupières très fort, puis les relâche. Et les voici qui reviennent, les êtres chers, voici leurs visages éclairés par la tendre effusion du souvenir.

À dix-sept ans. Allongés tous deux sur son lit, en cuillères, et Don disant : « Je voudrais être homo pour pouvoir te baiser », en serrant Rooney contre son corps dégingandé pour qu'il sente bien l'érection à travers le jean. Ça s'était mal terminé. Une dispute, puis le silence, et la vie trépidante avait pris le dessus, la roulette s'était mise à tourner et ce n'est que plus tard que Rooney s'était interrogé sur tous les sous-entendus contenus dans cette phrase. Mais son visage… C'est son visage qui revient en premier, la barbe de trois jours, l'haleine de tabac. Il va et vient, comme éclairé par la lumière de l'aube naissante sur l'eau, et jamais il ne vieillira, jamais il ne mentira, jamais il ne cessera d'être aimé.

Au passage de chaque visage – cet éclat ! Cette délicatesse ! Et ces yeux ! –, Rooney se signe avant de prendre au creux de sa paume la petite croix en argent achetée avec Dana à Soho, il y a quarante ans, et qu'il n'a plus quittée, alors même qu'il n'a pas remis les pieds à l'église depuis une éternité. Il murmure leurs noms, avec amour, parce que c'est tout ce qui lui reste, un cœur aimant, furieux certes, éperdu, mais encore aimant.

À dix-sept ans. Beverly. Au bord de la rivière, à la nuit tombée. De part et d'autre du flot impétueux se dressaient les flancs abrupts des montagnes. C'était la fin du printemps, autour du bal de promo. Beverly portait autour du cou la bague du capitaine de l'équipe de foot qui était son petit ami régulier, ce qui ne l'avait pas empêchée d'aborder Rooney un jour pour l'inviter au cinéma. C'est ainsi qu'ils avaient commencé à sortir ensemble, de manière timide et nonchalante, lorsqu'elle n'était pas occupée à se faire sauter par le capitaine de l'équipe de foot. Lorsqu'elle prenait du temps loin de lui et de ses désirs frénétiques. Rooney et elle suscitaient une curiosité débridée à la cantine, quand ils s'asseyaient à la même table pour discuter en s'effleurant le bout des doigts, et dans les couloirs du lycée le beau capitaine baraqué lançait des regards haineux à Rooney, avec son corps pitoyable, ses soixante-dix centimètres de tour de taille, ses jambes en allumettes. « Pourquoi ? Pourquoi ? » chuchotaient-ils tous en ricanant. Beverly était la pute du lycée, tout le monde le savait. Tout le monde savait tout.

Ainsi, un soir, au bord de la rivière, allongés tous les deux sous le ciel étoilé, ils s'étaient embrassés de plus en plus fougueusement, et soudain Beverly avait suggéré avec empressement qu'ils aillent nager, malgré l'obscurité et le danger, nager nus. Elle avait prestement fait glisser sa robe en lin marron pour se retrouver debout, en soutien-gorge et culotte en coton. Rooney s'était levé et déshabillé, mais il refusait de retirer son caleçon, pas question avec son pénis tout engorgé, et elle attendait, fantomatique à la lueur pâle du clair de lune, elle l'attendait, lui qui montrait pour la première fois ce corps blême et maigre qui ne s'épanouirait que bien plus tard, à force d'heures passées à la salle de sport, ce corps qui allait devenir tellement magnifique, mûr et parfaitement taillé, grâce aux injections secrètes de stéroïdes dans les fesses, mais ce serait bien plus tard, quand il serait le prince de ce monde, lorsque l'allumette aurait craqué. Mais cette nuit-là, au bord de la rivière, frissonnant déjà dans l'air glacial émanant de l'eau tourbillonnante, il avait senti qu'il avait failli, qu'il l'avait laissée tomber, elle, comme les amants qui cueillent des champignons dans *Anna Karénine*, il savait que le capitaine de l'équipe de foot serait déjà nu, lui, avec cette prestance des athlètes à se débarrasser de leurs vêtements, qu'il serait déjà en train de serrer les deux seins nus contre son torse couvert de poils épais, quand celui de Rooney était encore fin et glabre. Ils étaient entrés dans l'eau gelée, main dans la main, tels Orphée et Eurydice, mais l'instant de grâce s'était déjà évanoui, l'aventure et le frisson envolés, et ils n'avaient pas dit mot, debout, bien droits et se soutenant l'un l'autre face au flot effréné brassant la glace fondue des montagnes, et le pénis de Rooney s'était rabougri dans le froid en même temps que s'étiolait la magie de cet instant, jusqu'à ce qu'ils ne puissent plus supporter cette perte, et le froid, et qu'ils rejoignent tant bien que mal la rive pour se rhabiller, retournent à la voiture et regagnent la ville en silence. Ils n'étaient jamais ressortis ensemble.

Ironie de l'histoire, c'est Don qui avait eu Beverly, qui l'avait mise enceinte, si bien qu'elle avait dû aller vivre pendant huit mois chez une tante avant de faire adopter l'enfant. Elle avait quitté la ville après le bac pour partir donner des cours de snowboard à Vail. Si elle était revenue, ce n'était pas vers lui.

À cinq ans. Dans la cuisine, avec sa mère debout en train de préparer le dîner. Il était en maternelle. « Il y a des filles que tu aimes bien, à l'école ? avait-elle demandé.

— Bien sûr, avait-il répondu. Et des garçons, aussi.

— Arrange-toi pour aimer les filles plus que les garçons ! » avait-elle hurlé subitement, et ç'avait clos définitivement le sujet.

Cinq ans. Dix-sept. Des garçons et des filles.

Don et Beverly. Entre ces deux extrémités s'enchaîne tout le reste, tous ceux qui vont venir et dont les visages lui rendent visite dans l'obscurité à 4 heures du matin, alors que le chien ronfle et que la lune bascule en Australie.

Capturer leurs visages étincelants, c'est vouloir retenir du vif-argent ; ils apparaissent et disparaissent avant qu'il ait pu les appeler en chuchotant, même s'il y en a beaucoup dont il a oublié les noms, bien qu'il ne les ait pas moins aimés, car il les bénit eux aussi et prie pour eux dans cette longue file. Il n'a pas traversé sa vie sans être aimé. Il n'a pas traversé cette vie sans aimer.

La douleur explose dans ses jambes, pour de vrai, cette fois. Il tend la main à l'aveuglette, trouve à tâtons les médicaments sur la table de nuit – un beau meuble en ronce d'érable qui ornait jadis la bibliothèque Biddle à Philadelphie et qu'il a gagné au poker –, il secoue la boîte pour en extraire deux petites pilules roses, puis deux bleues, qu'il avale avec une gorgée d'eau. Il repose le verre en cristal près de son lit avant de se rallonger sur les oreillers en attendant la vague d'euphorie. Elle ne vient jamais.

L'amour et la douleur. Pas une fois il n'avait ouvert sa chemise sans se préparer au coup de poignard, à la pointe de la lame plongeant dans son cœur. Pourtant, la pulsion intacte de toucher, d'être touché, l'avait jeté cent fois, mille fois dans la nuit en quête du frisson, de la chair contre la chair. Le sexe anonyme et aveugle avait tué son cœur, battant mais mort ; pourtant Rooney y retournait inexorablement, tel un zombie.

Les visages reviennent toujours, et à chacun il murmure un « Je t'aime » en forme de bénédiction. Parfois, ce n'est pas un visage mais une partie du corps, le creux dans le cou où palpitait la veine juste après qu'ils avaient fait l'amour comme des adolescents, la tache sur les draps encore humides, la courbe d'une hanche contre lui, cette courbe qu'il caressait et qui la contenait tout entière, la féminité incarnée au creux de sa paume, et qui bien que somnolant tout à son aise songeait déjà à s'enfuir. L'amour et la douleur. Le repos et la fuite.

Et à la fin, après la chute, la gifle en pleine figure, après l'arrêt brutal et l'échec, il ne voulait plus que la chair, il la poursuivait comme un vampire le sang.

Les très rares amis qui lui restent aujourd'hui, devant une photo de lui, s'exclament qu'il était séduisant, aussi beau qu'un mannequin. *Était*. Qu'est-il arrivé au présent de sa vie, au *maintenant* ? Pourquoi n'y a-t-il plus que le souvenir ?

Il se rappelle si clairement le goût de tequila dans sa bouche, cette nuit avec TJ, et la chambre dans cet hôtel moins chic que celui où, la première fois, ils avaient fêté ensemble leur Noël à eux. TJ avec sa femme schizophrène incarcérée, ses deux petits garçons, TJ sans boulot, TJ auquel Rooney avait donné cinq cents dollars qu'il n'avait pas, avec confiance et simplicité. TJ qui les avait acceptés d'un air timide, pour faire des cadeaux aux petits. Puis ils s'étaient embrassés dans la rue sous la neige, devant le Jefferson Hotel de Richmond, en Virginie, avant de se quitter. Ensuite il y avait eu d'autres hôtels, de moins en moins chics, avec leurs machines à glaçons dans le couloir, jusqu'à cette nuit où, allongé seul dans le grand lit après le départ de TJ, Rooney avait su au fond de lui que, en dépit des serments et du désir encore vif, il n'y aurait plus d'autre fois et qu'il était désormais seul, le dernier homme sur terre.

La longue parade, chaque nuit. À la toute fin, la voilà qui apparaît, dans sa permanence, inchangée, celle qui s'était échappée, à qui il avait donné son cœur au premier coup d'œil et qui ne le lui avait jamais rendu.

Il se souvient de tout. Du jour de leur rencontre, sur le parking de l'église épiscopalienne, à Southampton. Elle était vêtue d'un tailleur rouge et avait levé les yeux vers lui car elle était petite et il portait son costume Jil Sander qui lui donnait l'air plus grand qu'il n'était, et il avait remarqué sa tenue flamboyante et ses boucles d'oreilles en diamant et rubis, inconvenantes pour aller à l'église, avait-il pensé, pourtant il avait été instantanément envoûté et cet enchantement, pareillement aux charmes de Cléopâtre, ne s'était jamais fané.

De tous les visages, c'est celui qui dure et l'accompagne, l'amour, la perte, le regret et la nostalgie.

Carmela, reine de la lumière et de l'ombre, Carmela qui ne changera plus jamais, enchâssée dans le cœur de Rooney – chaque instant, chaque scène, chaque mot, doux et amers à la fois.

Et lui, dans son lit à baldaquin au Cabanon, à la fin du monde, résident de l'hiver dans cette enfilade de maisons d'été aux volets clos, muré dans sa douleur et ses souvenirs, avec pour seul amour à présent la rivière, noire à cette heure, chatoyant sous les reflets furtifs du clair de lune. À pratiquement soixante-dix ans, il n'est plus que deuil, entouré de ce qu'il a pu sauver du naufrage de sa vie et entasser dans ce bungalow glacé.

Les outrages de la vieillesse. Il fume dans le noir, au lit, et oublie parfois qu'il a une cigarette à la main, si bien qu'elle tombe par terre et qu'il doit bondir hors du lit pour la récupérer avant qu'elle ne mette le feu à la maison. Ou, pire encore, il laisse sa main se détendre et fait un trou dans les précieux draps achetés au Monogram Linen Shop, sur Walton Street à Londres. Au matin, il arrache le drap du matelas et le jette – adieu, magnifique coton et broderies raffinées.

Lorsqu'on avait enterré les cendres de sa grand-mère, la femme qui lui était la plus chère au monde, Rooney se trouvait à New York. Elle avait été incinérée plusieurs mois auparavant, aussi la date et l'heure de l'inhumation de l'urne avaient-elles été fixées de longue date. Rooney avait réservé un vol et s'était habillé comme elle l'aurait souhaité, Miss Nell, la seule à qui il était allé avouer son noir secret le lendemain matin : costume en crépon de coton, cravate en reps, richelieus perforés à bout golf John Lobb. Mais naturellement le vol avait été retardé, et par conséquent son arrivée à Dulles, où il avait loué une voiture et foncé comme un forcené jusqu'à la Vieille Chapelle. Ils étaient tous là, ses parents, ses cousins, son oncle et sa tante, à pique-niquer sous les arbres ; sa grand-mère était déjà enterrée et le prêtre reparti, et Rooney était entré dans une fureur noire. Ils n'avaient pas daigné l'attendre, alors qu'il avait appelé sans relâche pour dire qu'il n'aurait qu'une demi-heure de retard, au bout d'un périple de plusieurs centaines de kilomètres. Fou de colère, il était passé devant leur petite réunion, les œufs à la diable et les sandwichs au jambon, pour aller s'agenouiller devant la tombe de sa grand-mère, Miss Nell, qui lisait l'intégrale de Dickens puis reprenait au début, se plongeant dans Trollope lorsque exceptionnellement elle se lassait de la prose de celui qu'elle considérait comme le dernier des grands écrivains. Prostré là, il avait pleuré toutes les larmes de son corps, avant de repasser devant eux sans un mot, pour repartir droit à l'aéroport et, de là, à New York.

Il n'a oublié aucun affront, même le plus infime, pas plus que les gestes simples de bonté ou les instants d'amour.

Mais Carmela est l'alpha et l'oméga, tout l'amour du monde en un seul visage, en un seul souvenir tellement figé que Rooney ne peut plus se remémorer un détail particulier, ni d'amour, ni de fureur, ni surtout de cet immense gâchis qu'il a provoqué.

Elle est présente en permanence. Chaque visage est le sien. Chaque acte de bonté, le sien également. De même pour chaque déception.

Ils avaient fêté le Nouvel An seuls avec Joan à East Hampton et, cette nuit-là, Carmela portait une robe d'une telle beauté qu'il pourrait encore aujourd'hui la dessiner les yeux fermés. Cette robe – qu'il n'avait jamais revue ensuite, bien qu'ayant supplié maintes fois Carmela de la porter à nouveau – était d'une teinte qu'on ne trouvait pas dans les boîtes de pastels, dans des tons ocre brune aussi vibrants que la terre sous le pinceau vif de Cézanne. À l'aube, Joan avait tiré les runes et n'avait lu nulle promesse de bonheur dans l'avenir de Rooney. Pour l'épargner, elle avait gardé son interprétation pour elle et ramassé les pierres sur la table d'une main preste.

À 4 heures du matin, une fois Joan couchée, légèrement ivres et somnolents, ils s'étaient installés tous deux sur le lit de Carmela pour qu'elle lui montre des photos de ses chiens, lui encore en habit de soirée et elle en chemise de nuit brodée, déjà entre les draps.

Il aurait été si facile, armé de son talent, de son courage et de l'ardent désir qu'il avait d'elle, de se pencher pour l'embrasser, puis d'ouvrir sa chemise pour laisser le couteau de l'amour lui transpercer la poitrine et marquer son cœur d'une balafre perpétuelle, pourtant il s'était abstenu. Les photos des chiens étaient éparpillées sur le dessus-de-lit en soie, et il n'avait pas pu : elle lui était trop précieuse, et au fond il ne la méritait pas. Les mots étaient restés bloqués dans sa gorge et il s'était levé, les mains tremblantes. Elle ne l'avait pas retenu. L'instant était passé, disparu à jamais, mais Carmela était toujours là, la bien-aimée véritable, le désir de Rooney fait chair, la compagne et le glas de son cœur.

Et le bal vénitien, pour la Saint-Sylvestre du nouveau millénaire, dans le salon de sa maison d'East Hampton vidé de tous ses meubles. L'été précédent, elle s'était rendue à Venise, où elle avait fait réaliser trente-six flûtes à champagne soufflées bouche, toutes différentes, de véritables chefs-d'œuvre d'artisanat, mais la date de la fête était arrivée et les flûtes étaient restées coincées à Dallas, où les douanes avaient décidé de les inspecter une par une pour vérifier qu'elles ne contenaient pas de plomb. Aussi avaient-ils couru les boutiques à la nuit tombante, se ruant sur la moindre échoppe encore ouverte, jusqu'à la plus bas de gamme, riant aux éclats, pour acheter toutes les flûtes à champagne qui restaient. Les convives n'y avaient vu que du feu, le cochon de lait avait été apporté sous les hourras des trente-six invités, suivi du dessert pensé spécialement pour Rooney – des îles flottantes, son péché mignon. Minuit avait sonné et la Française assise à sa droite s'était levée en déclarant, tout excitée : « Il faut courir. Il faut sortir et respirer l'air du nouveau siècle ! » Elle l'avait pris par la main et, téméraires parmi les téméraires, ils avaient couru dans le froid mordant, le visage fouetté par les vagues que soulevait le vent furieux, et ils avaient tendu les bras vers les étoiles en dansant sous le ciel nouveau.

À l'époque, Carmela était déjà remariée. Elle était riche, du reste elle l'avait toujours été, mais elle l'était plus encore désormais, et plus elle devenait riche, plus il avait l'impression qu'elle s'éloignait de lui.

Et c'est pourquoi je languis ici
Errant pâle et solitaire,
Bien que les joncs de l'étang soient flétris
Et qu'aucun oiseau ne chante.

Le visage de Carmela, qu'il aimait plus encore que le reste, que tout au monde, flotte dans son esprit telle la lune croissant et décroissant dans le ciel, éternellement présente, plus constante que la douleur qui mutile le corps de Rooney depuis neuf ans.

Tout a commencé le plus simplement du monde. Il s'est réveillé un matin avec des fourmillements dans les pieds. En posant le droit par terre, il a ressenti une décharge de douleur dans la voûte plantaire. Une crampe, a-t-il pensé. Il a rejoint la cuisine en boitillant, s'est fait du café qu'il a rapporté au lit et bu dans l'une des tasses de petit déjeuner qu'il avait achetées avec Marie dans cet élégant magasin de porcelaine en face de chez Maxim's. Elles étaient splendides, contenaient l'équivalent de deux tasses normales et il les adorait, malgré les anses trop petites pour ses doigts.

Devant ses yeux, ce visage qu'il gardera à l'esprit au moment de sa mort, vaincu par la cicatrice brûlante fourmillant dans ses jambes et dans son pied. Comme tous les matins, il lui parle, lui livre tout ce qu'il a dans le cœur, en revenant inlassablement à cette nuit avec les photos de chiens éparpillées sur le couvre-lit en soie, pour lui dire aujourd'hui ce qu'il avait tu alors, sachant qu'à compter de cette nuit-là elle s'était continûment élevée dans une sphère de richesse et de privilèges qui demeurerait à jamais inaccessible à Rooney, quand bien même elle se remémorerait son visage au milieu de sa propre parade des célébrités et des grands de ce monde. Des présidents venaient s'agenouiller à ses pieds. Que pouvait-il avoir à offrir qui fasse le poids ?

Depuis ce premier matin, la douleur n'a pas cédé et s'est mise à remonter le long de ses jambes. Dans ses mollets. Dans ses cuisses. Un élancement insoutenable. Il est allé voir le médecin, qui en a immédiatement conclu qu'il souffrait de sciatique, et, durant les neuf années qui ont suivi, tandis que Rooney épuisait tout ce qui lui restait d'argent et que le livreur Fedex venait de moins en moins souvent, puis plus du tout, tandis que les amis cessaient peu à peu d'appeler, tandis qu'il organisait une vente aux enchères pour écouler tout le mobilier de la grande maison avant d'emménager dans le Cabanon, tandis qu'il enchaînait les infiltrations, les scanners et les analyses, tandis que sa vie tombait en ruine, la douleur et les cachets ont été les seules constantes.

À présent, il a une canne, sa troisième jambe, *tap tap tap*, parce qu'il s'est mis à tomber sans arrêt. Le médecin lui a enjoint de s'acheter des chaussures orthopédiques pour soulager ses pieds, ce que Rooney a catégoriquement refusé sous prétexte qu'il a juré un jour à un ami de ne jamais en porter – juste avant que l'ami en question cesse de répondre à ses mails et de lui donner le moindre signe de vie. Plus un seul mot. Lâche. Salaud. Porc.

L'amour et la douleur.

La lune a glissé hors de la haute fenêtre. L'aube sera bientôt là. Il rejette les draps, pose le pied par terre. Le choc de la douleur le stupéfie, le prenant par surprise avec la même violence que la première décharge électrique, il y a neuf ans. Il tend la main pour attraper sa canne et ramasse ses vêtements. Les mêmes qu'hier. Les mêmes que demain. Quelle importance ? Il ne voit personne, hormis de temps à autre les caissières de l'épicerie du coin. Il doit s'asseoir au bord de son lit pour s'habiller, parce qu'il n'est plus capable de rester debout assez longtemps pour enfiler son pantalon et boutonner sa chemise. Il chausse ses mocassins, dont il a usé les talons jusqu'à la semelle de sa démarche bancale, et réveille doucement Judge, son sussex spaniel qui en huit ans est devenu ce qu'il a de plus cher au monde et, récemment, tout ce qui lui reste. Judge lui lèche la main avec enthousiasme, encore et encore, jusqu'à ce qu'elle soit tellement poisseuse que Rooney puisse difficilement tenir sa canne. Le chien s'ébroue et se rue vers la cuisine pour son repas.

Tout en nourrissant l'animal et en le regardant manger, Rooney lui parle. Il a lu quelque part que les gens qui parlaient à leur chien étaient plus intelligents que la moyenne, mais peut-être le font-ils simplement parce qu'ils n'ont personne d'autre à qui s'adresser.

Tous les matins sont identiques, le réveil dans le noir, la parade versatile des visages, les bien-aimés éternels, et toujours elle, son visage, le choc de l'irradiation, toujours neuf et pourtant familier, le fourmillement dans les pieds, le rebond de la douleur au contact du sol, la peur poignante qui croît de jour en jour et qu'il ne peut plus tenir en respect, et qui éclipse tout.

Et toujours, cette question : où sont-ils ? Où sont les amours de sa jeunesse, ses turbulents compagnons, ses complices dans le crime, ses frères ? Sont-ils vivants ou morts ? Font-ils de la voile avec leurs petits-enfants à Dark Harbor ou bien gisent-ils dans leurs tombes froides et profondes ? Il ne peut se résoudre à composer les numéros de son répertoire, de peur d'entendre qu'ils ne sont plus attribués ou, pire encore, une voix au bout du fil, sa propre joie surjouée, l'embarras immédiat de son interlocuteur redoutant que Rooney n'appelle pour demander de l'argent, puis le chèque de cinq cents dollars qui arrive par la poste quelques jours plus tard.

Une fois le repas du chien terminé, Rooney ouvre la porte et ils vont flâner sur la longue promenade, l'homme et son chien, afin de regarder le soleil se lever au bout de la jetée. Le Cabanon se situe à l'extrémité d'une enfilade de neuf bungalows d'été, des folies de pain d'épices avec porche et balcons, de couleurs vives ou d'un blanc épiscopalien, tous déserts dans la froidure de novembre. Sous ses pieds endoloris, à travers les fines semelles de ses mocassins, la longue promenade parsemée de pommes de pin est un champ de mines dans lequel sa canne seule l'empêche de s'effondrer. Trop heureux de se retrouver dehors, Judge court en tous sens, renifle, chie par terre, se précipite vers le dock pour observer dans un fond d'eau la frénésie mystérieuse du menu fretin agile et argenté. Le chien trépigne devant la flaque, fasciné par les reflets des écailles et des queues frétillant dans la lumière naissante. De l'autre côté du large fleuve, le ciel s'éclaircit, vire du noir au rose, et Rooney se tient debout là, il ne voit que son visage à elle dans le lever du soleil, dans l'avènement d'un jour nouveau, dans la renaissance du monde. Puis le soleil point, doré et aveuglant, entame son ascension, et l'eau noire prend une teinte bleu-gris, verte dans les bas-fonds. Dans leurs nids perchés sur des poteaux, les hérons se redressent et s'envolent, flottent dans l'air avant de plonger tête la première, pour ressortir avec un poisson moiré dans le bec. Tout est parfaitement semblable et vierge à la fois, et Carmela s'estompe peu à peu pour devenir une histoire du passé qui n'a plus guère de sens que pour Rooney, elle se retire dans les replis de son cœur, où il la garde tel un joyau inestimable dans un écrin de velours.

Rien qu'un homme et son chien. *Autrefois, j'étais un « je », l'allumette qui déclenchait l'incendie et embrasait les nuits new-yorkaises, couronne incandescente flottant sur l'eau, visible depuis l'espace. J'étais l'éclat-fulgurant, l'incandescence originelle. J'étais cette pointe de lumière ardente vers laquelle tout et tous convergeaient. Dans ma vaste illumination, j'étais incontournable.*

Désormais, je ne suis qu'un « il », une verrue sur la peau, à la fin du monde civilisé.

Et ce bruit, pareil au tonnerre, au tir de canon depuis l'autre rive, aujourd'hui comme hier et demain, comme chaque jour jusqu'à ce qu'éclate la révolution.

Ça gronde. Ça roule. Les trompettes du Jugement dernier qui trompettent et trompettent et trompettent et trompent et Trump. TRUMP.

Ce matin comme chaque matin, malgré le soleil éclatant, le ciel s'obscurcit et la face hideuse du Crétin orange vient remplacer tous les visages que Rooney a aimés, chacun des instants de bonheur qu'il a vécus – les journées bienheureuses d'avant la maladie, les médecins et la canne, les heures à vélo petit garçon, Beverly au bord de la rivière, effacées chaque matin jusqu'à ce qu'il ne reste plus que la perte de son pays, la perte du monde entier, incarnées en un seul homme, une seule figure, une blague odieuse aux dépens de ses concitoyens, un mensonge qui s'acharne à tuer tout ce qu'ils aimaient et en quoi ils croyaient.

TROMPETANT. TROMPETANTROMPEURTRAÎTRETRUMP. TRUMP.

Le ciel devient noir et l'eau traîtresse, les poissons basculent sur le dos, leurs nageoires d'argent noircies par la mort. Le chemin du retour, du bout du dock jusqu'au Cabanon, lui paraît interminable et funeste.

Le monde entier se retrouve brusquement en péril et il n'adviendra plus jamais rien de bon ou de doux. Les lettres de Rooney resteront sans réponse. Son compte en banque demeurera vide, et il entrevoit le fil étincelant du rasoir qui traverse le ciel telle la croix de Jeanne d'Arc. Tout n'est plus que mort, et Rooney est acculé à appeler la sienne de ses vœux puisque, où qu'il pose le regard, son pays, son magnifique pays gît sans vie. Un aigle audacieux finit par prendre son envol depuis les grands pins noirs et se met à planer au-dessus de lui, ses ailes gigantesques déployées sur deux mètres d'envergure, oiseau d'une majesté dépassant l'entendement et qui pourtant n'est plus le symbole de rien, quand jadis il incarnait tout : le cœur de son enfance, son chemin d'homme, l'épanouissement de son esprit aujourd'hui dévasté et incapable. Inapte.

Il appelle le chien et rentre en boitant dans sa petite maison dont il claque la porte. La journée est finie avant même d'avoir commencé.

2

Le fauteuil de Morphée

Une fois rentré, il donne une friandise au chien. Judge engraisse, mais à présent Rooney s'en moque. Il se prépare un verre de thé glacé, ouvre un paquet de cigarettes neuf, choisit un cendrier Hermès propre parce qu'il ne supporte pas les cendriers sales et se dirige vers le cabriolet brun dans lequel il passe ses journées. Il y a juste assez de place pour lui et pour Judge, qui grimpe d'un bond sur ses genoux et s'endort aussitôt. La musique emplit la pièce grâce au système installé il y a des années par Cj Cunningham, un homme bon et généreux qui ne lui avait pas demandé un sou car il savait que Rooney n'avait pas les moyens de le payer. Du rock, des morceaux qu'il a envie d'écouter, d'autres non. Le bon côté du rock, c'est que si on n'aime pas une chanson, on n'en prend que pour trois minutes avant de passer à la suivante, si bien qu'il n'y a même pas à bouger.

Dans son ordinateur, il a stocké l'équivalent de cinq jours d'écoute, si bien que, s'il devait mourir dans le fauteuil de Morphée, le sang dégoulinant de ses poignets sur le mohair marron et gouttant sur son seul tapis encore présentable, tandis que Judge laperait le tout en hurlant avant de dévorer la chair de son maître, la musique continuerait à jouer pendant pratiquement une semaine. Dolly Parton chanterait *Jolene*. Jason Isbell, cette chanson sur la vie et la mort de Rick Danko. Ils chanteraient tous. La maison serait vide. Le téléphone ne sonnerait pas, puis la batterie finirait par lâcher.

Sa ravissante sœur, sœur Canine comme il la surnomme, ne passerait pas un coup de fil. Elle n'a pas fait signe depuis un an, ni pour son anniversaire, ni quand il s'est fait remplacer le genou, ni pendant les semaines de calvaire qui ont suivi. Il l'a tant aimée.

Autrefois, ils allaient ensemble à la rivière, les après-midi d'été, apprendre par cœur des poèmes d'Edna St. Vincent Millay qu'ils récitaient à leur mère à l'heure des cocktails.

À présent, alors qu'elle n'habite qu'à deux cents kilomètres, deux heures de route à peine, elle est devenue aussi lointaine que le Taj Mahal, impénétrable, injoignable, inconnaissable et indifférente.

Rooney va rester assis dans le cabriolet toute la matinée, à somnoler, à rêver même, tandis que le chien vaque à ses rondes mystérieuses dans la maison.

Parfois, derrière ses paupières closes, il revoit les temps heureux, quand son pouvoir et son influence étaient sans limites, quand femmes et hommes indistinctement se jetaient littéralement sur son corps, quand il tremblait inexorablement de sentir la lame plonger dans sa chair. Mais bon Dieu qu'il les a aimés, même ceux dont il ne se rappelle pas les noms.

On dit que, au moment de la mort, on voit défiler toute sa vie devant ses yeux. C'est ainsi, dans le fauteuil de Morphée.

À vingt-quatre ans, alors qu'il était descendu au Beverly Hills Hotel pour conclure un marché et faire gagner des millions à des hommes aux yeux cernés, en ouvrant sa porte un matin il s'était retrouvé nez à nez avec Lauren Hutton qui émergeait de sa chambre.

Ou bien il se revoit planté au coin de la 29e Rue et de la Sixième Avenue, en train de supplier Ty de rentrer avec lui, oubliant que six mois plus tard il avait assisté aux funérailles du jeune homme, emporté par le grand décharneur, l'*Automatic Slim*, comme on l'appelait à l'époque. Ce garçon splendide, qui n'était pas rentré avec lui ce soir-là, mort à vingt-quatre ans. Le souvenir de son visage éclairé par un réverbère, de sa moue tendre et hésitante, remplit de joie le cœur de Rooney, autant que de contempler un lys blanc au parfum tellement enivrant qu'il donne presque la nausée.

Qu'elles reviennent, la nuit, la petite bruine, la brume qui s'accrochaient à la barbe noire de Ty et la faisaient scintiller comme ces décorations de Noël qu'on regarde en plissant les paupières.

Qu'elles reviennent, ces journées en Bourse, sans fenêtres ni horloges, à hurler des ordres, à brasser des masses d'argent indécentes pour le compte d'hommes et de femmes que Rooney ne rencontrait jamais et qui, en consultant leurs relevés trimestriels, louaient le Seigneur ou le maudissaient, lui, avant de l'agonir d'injures au téléphone.

Reviens, Freddie Fekkai, coiffeur aux yeux sombres qui faisait de chaque client un ami et traitait sa chevelure comme s'il s'agissait de son propre enfant.

La veille du jour où il s'est fait poser sa prothèse de genou, Rooney s'est brusquement remémoré une scène, sur le toit-terrasse de la salle de sport ultra-sélecte dont il était membre, où il avait un coach personnel qui s'amusait à goûter la sueur à son front pour déterminer quel type d'alcool et en quelle quantité il avait bu la veille. Sur ce toit-terrasse, alors que Rooney émergeait de la piscine et se dirigeait vers sa serviette, Adrienne avait levé les yeux vers lui en disant : « Tu as un corps divin, mon chou » et, dans la solitude du Cabanon, à la lumière de ce souvenir, Rooney a subitement compris que l'opération du lendemain sonnerait le glas de sa jeunesse et son entrée dans la vieillesse.

Reviens, ami cher qui avait déclaré un jour sur Madison Avenue : « Promets-moi que jamais tu ne porteras de chaussures orthopédiques. » Rooney lui a obéi, comme à chacun des conseils qu'on lui a donnés au cours de sa vie. Cet ami qu'il avait rencontré en ligne, rédacteur de mode pour le *Times*, et qu'il avait baisé le soir même. Il avait été sidéré de voir cet homme grand et méticuleux sortir un gode gigantesque d'un sac estampillé « Hôtel Ritz, Paris » et en faire immédiatement usage, chevauchant Rooney en lui disant « Frappe-moi, frappe-moi dans les pectoraux ! » et, quand il s'était exécuté, « Plus fort ! Plus fort ! ». Étonnamment, ils étaient devenus les meilleurs amis, même après que Rooney avait déménagé en Virginie, dans la grande maison au bord de la rivière, et ils avaient échangé deux ou trois mails par jour jusqu'à ce que tout s'arrête brutalement. Point final. Rooney avait continué à écrire pendant des mois, sans jamais recevoir de réponse, puis avait fini par envoyer un message d'adieu bref et rempli d'amertume.

Il a conservé tous leurs mails, depuis la lettre de château désuète du premier matin jusqu'au dernier mot. Sur son ordinateur, dans un dossier qu'il n'ouvre jamais, reposent plus de six mille mails. Pour quoi ? se demande-t-il. Pour quand ?

Dans son testament, Rooney a demandé que son ordinateur soit jeté dans la rivière.

Par pitié, faites que je ne meure pas ici. Faites que

je ne meure pas ici devant mon Judge bien-aimé. Faites que Judge ne meure pas, sinon il n'y aura plus rien. Plus rien du tout.

Et Kevin, qu'il avait rencontré dans un de ces colloques ineptes comme les adultes en organisent, dans une retraite cinq étoiles avec spa, tel le Boulders en Arizona, cet homme merveilleux dont la conversation l'élevait, cet homme à la réussite éclatante et que toute la profession idolâtrait, cet homme qui était atteint de la maladie de Gilles de La Tourette. Il se mettait parfois à dire des choses qu'il ne pensait pas, non dans le registre scatologique, comme si souvent dans cette pathologie, simplement des choses merveilleusement poétiques, bizarres ou effrayantes qui se déversaient de sa bouche.

Le dimanche matin, alors qu'ils se tenaient côte à côte devant le guichet de la réception, on avait demandé à Kevin sa carte de crédit, et il avait brusquement supplié, d'abord tout bas puis de plus en plus fort : « Par pitié, ne me tuez pas maintenant, par pitié, ne me tuez pas maintenant », encore et encore, l'air perdu et impuissant, en essayant de ses doigts tremblants de sortir sa carte Platinum, sous le regard affolé de l'hôtesse qui n'en avait pas moins pris sa carte avec une politesse impeccable avant de lui tendre son ticket. Puis elle s'était tournée vers ses acolytes afin de railler à mi-voix ce jeune homme étrange qui se dirigeait vers les taxis, sa valise à la main, pour se rendre à l'aéroport.

Ces choses-là arrivent. Elles étaient arrivées avant que Rooney s'égare, se fasse abandonner, commette des actes que lui-même ne comprenait pas, des actes décisifs qui n'avaient aucun sens et qui l'ont mené ici, au Cabanon, dans le fauteuil de Morphée, au milieu des décombres de sa vie passée, et des incantations du souvenir.

Ces choses-là arrivent, le prodige se produit chaque jour dans la rue, dans un aéroport, ou dans un club de jazz étouffant à 4 heures du matin.

La dernière fois qu'il avait passé la nuit à sniffer de la cocaïne, c'était avec un réalisateur de cinéma célèbre et un peintre à la gloire déclinante, et une jeune fille divine dont personne ne semblait connaître le nom. Ils l'avaient laissée seule au lever du jour, dans une boîte de nuit réservée aux Noirs, dans le Meatpacking District, l'ancien quartier des abattoirs à Manhattan. Elle avait dix-neuf ans et un teint de porcelaine.

Plus tard, Rooney avait vu son portrait par Mapplethorpe, qui comme tout le monde allait bientôt mourir du sida. Elle avait la tête drapée dans un turban de foulards blancs où était enroulé un collier de perles. À l'époque, elle était – ou allait devenir, à la mort de son père – la baronne Francesca von Thyssen-Bornemisza et allait épouser à trente-cinq ans Charles de Habsbourg-Lorraine. Quel *thaûma*, comme diraient les Grecs. Quel émerveillement.

Il se réveille. Ben Howard chante « Garde la tête haute / Garde l'esprit fort ». Quel émerveillement, tout autour de lui. La beauté toujours surprenante de la création de Dieu.

Il n'arrive pas à croire qu'il ait eu autant de chance.

Puis c'est l'heure de sortir Judge, dont le frère adoré, Preacher, a été empoisonné par un voisin fou qui lui a donné de la mort-aux-rats. La pauvre bête a agonisé pendant un mois dans une clinique vétérinaire, jusqu'au jour où Rooney a lu dans son regard qu'il n'en pouvait plus. Alors il a demandé à l'infirmière de piquer son chien, avant de s'enfuir comme un voleur. Encore une facture qu'il n'a pas payée.

À côté de son lit, sur sa table de chevet, il y a un buis en topiaire. La base piquée de clous de girofle est entourée d'un ruban noir, avec une perle plantée au centre du nœud. Il ne s'écoule pas une journée sans que ce chien lui manque et il ne quitte jamais ses pensées. C'était un sussex spaniel, comme son frère Judge, et ces deux beaux spécimens pure race l'accompagnaient autrefois partout et nageaient dans la rivière, même par le froid le plus cinglant. Ils couraient jusqu'au bord, où ils s'arrêtaient avant de reculer, comme confrontés à quelque animal formidable, peut-être hostile, mais peut-être pas. Puis ils plongeaient et ressortaient de l'eau, inlassablement, craignant toujours de se faire dévorer par la bête. Ensuite, ils faisaient la course sur la plage, jusqu'au rivage, se roulaient dans le sable jusqu'à ressembler à des aborigènes recouverts de boue. Ils adoraient tous deux les balades en voiture. Délicieux Preacher, dont le nom était inspiré d'un personnage dans un film de Clint Eastwood. À sa mort, Rooney a pleuré pendant une semaine. Il a mis un avis désespéré et une photo sur Facebook. Presque aussitôt, il a reçu un appel de sa vieille et excellente amie de Californie, laquelle a hurlé au bout du fil, furieuse qu'il ne l'ait pas prévenue en premier. Stupéfait, il a marmonné une vague explication avant de se faire raccrocher brutalement au nez. Il n'a plus eu aucune nouvelle d'elle, après ces dernières paroles qui l'accusaient de n'avoir jamais été un ami sincère et véritable. Elle était obèse, scandaleusement obèse, et n'aimait rien tant qu'aller dans des restaurants monstrueusement chers, car c'était une gloutonne, excellente cuisinière elle-même, et qu'elle voulait absolument tout goûter. Quinze ans durant, Rooney avait systématiquement réglé l'addition, dont le montant le laissait parfois sans voix, lui qui en la matière avait tout vu. Jamais un mot de remerciement. Jamais un cadeau de Noël, quand lui envoyait des présents extravagants dans des boîtes très reconnaissables, parfois des antiquités, car elle était aussi une collectionneuse compulsive et aimait tous les objets de la terre.

Une fois, ils s'étaient rendus à Atlantic City. Elle avait pris le vol de nuit depuis Los Angeles et avait retrouvé Rooney là-bas, pour assister au plus grand marché aux puces couvert du monde. Elle était venue avec une malle de voyage remplie de papier bulle. Il y avait plus d'un millier de stands, et ils avaient mis deux journées de dix heures à tous les visiter, avec Jodie qui prenait en main article après article, déclarant qu'elle avait acheté exactement le même dix fois moins cher, vingt ans plus tôt.

Puis elle lui a raccroché au nez avant de disparaître, à tel point qu'en quelques années à peine Rooney a oublié presque tous les détails de sa vie. Elle est devenue, comme son ancien meilleur ami qui ne passait pas un jour sans appeler Rooney, un miroir souillé de traînées de vaseline.

L'amour et la souffrance.

De temps à autre, Rooney se rend compte qu'il n'a jamais rien su garder. Ni les choses, ni les gens, eux qui retiennent son cœur captif et qui pourtant lui échappent, encore et toujours.

L'amour et la perte. La minuscule broche en forme d'aigle avec un œil en diamant que lui avait offerte Kathleen dans une petite boutique secrète de Philadelphie, ce bijou qui avait glissé du revers de sa veste le lendemain du jour où il l'avait fait nettoyer pour la première fois et qu'il n'a jamais retrouvé, bien qu'il continue à le chercher dès qu'il monte dans sa voiture. Pendant des mois, il avait passé au peigne fin le sol en asphalte du garage, sachant qu'il n'y avait aucun espoir. Au bout de quarante ans, la broche avait glissé du revers de sa veste en soie lavande, et, avec elle, un morceau de son cœur et de son passé.

On possède un bien inestimable, et l'instant d'après, il a disparu. Des amis précieux lui raccrochent au nez, cessent de répondre à ses mails, et il reste là à se demander pourquoi, sachant qu'il n'y a au fond aucune raison, sinon la perte et la haine de soi.

Il a brisé l'une des tasses achetées avec Marie, rue Royale. Il ne se l'est jamais pardonné. Quand sa femme de ménage a fait une ébréchure minuscule au coin d'un cendrier Hermès, il l'a jeté à la poubelle. Mais il n'a jamais oublié qu'un jour il y a eu une paire de tasses à déjeuner parfaites.

Les mauvais jours, il peut à peine se lever du fauteuil de Morphée, où il se vautre dans la fange, à s'apitoyer sur lui-même, à repenser par exemple à cette visite avec Nancy chez Bergdorf Goodman, où en le regardant essayer un manteau Chesterfield elle s'était exclamée : « Oui ! Oui ! Achète-le ! » Il avait vingt-huit ans, et il avait sorti sa carte de crédit. Quarante ans plus tard, le manteau est encore accroché dans sa penderie, et il ne lui manque qu'une doublure neuve. Quelle merveille, la joie sur son visage, à elle qui avait continué à jouer le jeu et finirait par conséquent sa vie dans la richesse.

Les meilleurs jours sont ceux où il est frappé d'émerveillement devant le monde vivant. Les ailes d'un papillon de nuit. Le colibri, dont le sommeil est si profond que sa température corporelle chute de quatre-vingt-quinze pour cent et qu'il gît, comme mort, ne dormant vraiment que pendant les vingt minutes qu'il lui faut pour sortir de son rêve glacial, en agitant ses ailes jusqu'à ce qu'il soit suffisamment réchauffé pour reprendre son envol. Parfois, le colibri ne peut se réveiller, il manque le dégel, et il meurt.

Mais, lorsqu'il vole, quelle magie ! Il peut parcourir huit cents kilomètres en vingt jours, sans s'arrêter.

Le plus vieil arbre du monde est, paraît-il, âgé d'environ cinq mille ans.

Les hommes vikings portaient du maquillage et se peignaient le visage de couleurs éclatantes. En aucun cas ils ne s'affublaient de casques ornés de cornes.

L'esprit de Rooney n'est qu'une mine de détails vains qui feraient mouche dans les dîners, s'il était encore invité quelque part.

Sa veste favorite a plus de quarante ans.

Les vêtements, sa passion infinie. Toute son enfance, il avait récupéré ceux de son frère et il s'était juré que jamais plus il ne porterait les vêtements de quelqu'un d'autre et qu'il ne choisirait que les plus beaux, ou bien qu'ils resteraient sur le portant.

Les merveilles de ce monde.

Les jambes interminables d'une femme d'un mètre quatre-vingts.

Son neveu, le seul enfant réellement comique qu'il ait connu, le seul à avoir parfaitement conscience de sa propre vivacité d'esprit.

Et la rivière, son ravissement intime, la rivière qui lui a sauvé la vie, qui l'a arraché à sa propre torpeur. La rivière infinie, qui naît dans l'inconnu, au-delà de son imagination, plus large que le fleuve le plus large qu'il ait vu de sa vie, l'Hudson à New York, sur lequel donnaient les baies immenses de son loft, à l'époque, avant. Il revoit et imagine tout ça à travers ses paupières mi-closes.

Puis le miracle se produit. Le soleil perce la grisaille du matin et la rivière étincelle si violemment qu'il peut à peine la regarder. Devant lui se découpe, affûtée par le vent cinglant, la silhouette d'un sloop de vingt mètres, d'un blanc tellement aveuglant qu'il en devient argenté, et sur le pont il distingue les figurines noires sur le mauve de l'eau, penchées sous le vent, illuminées par les petits moutons repoussant le bleu plus vif vers la surface avant de replonger, puis de ressurgir, incessamment. Le sloop glisse avec fluidité, prodige de grâce et de splendeur, et Rooney se lève de son fauteuil, s'appuie sur sa canne tandis que les vagues de douleur assaillent ses jambes, et la pièce, le monde entier se met à tourner autour de lui, alors il s'agrippe au mur pour franchir les deux mètres qui le séparent de la porte ouvrant sur la promenade au bord de l'eau. Tel le chien des Baskerville, Judge pousse des hurlements d'allégresse, heureux de cette diversion, de n'importe quelle diversion qui le sorte de la léthargie misérable d'une vie de chien. Rooney ouvre la porte, Judge se rue entre ses jambes, manquant de le renverser, et il se dirige clopin-clopant vers le bord du précipice, devant les hauts-fonds de la rivière.

C'est un rêve splendide et majestueux, une fiction, peut-être, pourtant il les voit tous, les huit passagers sur le pont, les quatre membres d'équipage à la manœuvre, les quatre invités assis en proue avec leurs cannes à pêche, à l'abri des regards, les fils translucides pendant mollement jusqu'à l'eau ; ce n'est même pas pour ça qu'ils sont sortis, et c'est là toute la beauté de la chose. Il n'y a pas de raison.

Ces gens ont deux choses que Rooney n'a pas : de l'argent et des cocktails. Ils ont été prudents. Mesurés dans leurs excès. Ils n'ont jamais dit « Va te faire foutre » à qui que ce soit. Ils n'ont jamais jasé à mi-voix avec des subalternes au sujet de leurs supérieurs.

Ils n'ont jamais dépensé cinq mille dollars pour un costume sans avoir préalablement demandé l'autorisation à leur comptable prudent. Ou pour du papier à lettres non ébarbé à leur chiffre.

Ils sont plus jeunes que lui, il l'entend à leurs rires, que la brise transporte jusqu'à lui. Ils ont arrêté de fumer à la naissance de leur premier enfant. Les épouses sont connues dans les boutiques où elles font les courses, on les appelle par leur prénom. Quant aux maris, ils s'habillent toujours au même endroit, depuis le jour où leur grand-père les y a emmenés pour qu'ils choisissent leur premier costume. Ils portent des chaussures en cuir patiné qu'ils semblent avoir héritées et non achetées.

En somme, ils sont Ces Gens, ceux qui n'attendront jamais, la peur au ventre, trois dollars en poche et le réservoir de la voiture presque vide, que tombe le chèque de l'aide sociale.

DespoTrump est d'ailleurs bien décidé à la supprimer, cette aide sociale, ce filet de sécurité grâce auquel survivent des millions d'Américains, s'accommodant des montants pitoyables qu'on veut bien leur verser. On cotise pendant toute sa vie professionnelle, on se voit prélever la contribution avant même d'encaisser son salaire ; Rooney lui-même a versé des centaines de milliers de dollars, une véritable fortune, pour se retrouver avec deux mille misérables dollars envoyés par courrier chaque mois, et même là-dessus il doit à nouveau payer des impôts.

TrompetantrompetantrompeurtraîtreTRUMP.

Son pays est en train de devenir une prison pour les masses, dans le seul but de faire de la place pour un terrain de jeu pour riches. Son pays et son peuple sont en train de se suicider.

S'il possédait l'appartement de Carmela sur l'île Saint-Louis, cet appartement qu'il n'a vu qu'une fois et dont le style Louis XV décadent l'a consterné, s'il l'avait aujourd'hui, il pourrait s'y rendre et, dans les bras de la France glorieuse et suprêmement raffinée, échapper à DévastaTrump.

Le sloop a disparu, il a descendu le fleuve en direction de la baie. Il ne reste que le ciel éblouissant, le vent incisif et Judge haletant à ses pieds. Si Rooney était encore capable de s'agenouiller, il le ferait, il se confesserait, prendrait son chien dans ses bras et pleurerait. Mais pleurer pour quoi ? Tout a péri et rien n'est pardonné.

Autrefois, il s'agenouillait bien. Ayant grandi dans la foi épiscopalienne, il était mené à l'église tous les dimanches par ses parents ; à l'époque, on s'habillait pour l'occasion, lui en culottes courtes, veste et nœud papillon, avec ses chaussettes blanches qui lui tombaient aux chevilles. Au moment de la communion, il s'agenouillait consciencieusement pour chaque prière, sans rien comprendre. On le conduisait jusqu'à l'autel, mais comme il était trop jeune pour prendre l'hostie et le vin, lorsque le prêtre s'approchait des fidèles, il posait ses mains douces sur la tête du petit Rooney pour le bénir. Au contact des mains du prêtre, pendant un instant, il se sentait divin, élu, membre de la confrérie des aimés.

La confession n'est pas courante, dans l'Église épiscopalienne. Ce n'est pas chose commune. En revanche, ça l'est dans le catéchisme, que son parrain Mac lui avait fait apprendre par cœur, assis dans la voiture glacée, chaque mercredi après son cours de confirmation, lorsque le jour glissait vers la nuit.

Plus tard, pendant les années de débauche, Rooney fréquentait toujours l'église tous les dimanches, St. Thomas à l'angle de la 53e Rue et de la Cinquième Avenue, impeccablement mis quels que soient les ravages de la nuit précédente, toujours assis seul ; il était la risée autant qu'il forçait l'admiration de tous ses amis, si bien qu'ils lui demandaient invariablement l'après-midi même : « Et l'église, c'était comment ? » Et si, pour une raison quelconque, il n'avait pu s'y rendre, ils paraissaient étrangement déçus, comme si Rooney avait laissé tomber son équipe.

Un jour, il s'était remémoré Mac et les mots sublimes du livre de prières et, les mains tremblantes, il avait appelé le bureau de la paroisse pour prendre rendez-vous avec le prêtre.

Était-il croyant ? Il n'aurait su le dire. Il savait en revanche qu'il fallait qu'il fasse cette chose incongrue, et que sa vie en dépendait.

Sa vie débordait d'amis et d'activités trépidantes, il brassait des sommes démesurées à une vitesse qui l'effrayait, il avait un rire profond et chaleureux, à la Firme sa célérité et son acuité en salle de marchés étaient sans égales, et le monde n'était pour lui qu'un vaste rien, un trou noir dans son cœur que rien ne viendrait jamais combler.

Le prêtre l'avait chaleureusement accueilli, bien que Rooney l'eût savamment évité depuis douze ans qu'il était dans cette paroisse, se faufilant par la sortie de derrière pour fuir tant le prédicateur que ses ouailles.

« Que puis-je faire pour vous ? avait demandé le père Andrew.

— Je veux me confesser, mon père. »

Le prêtre s'était levé et dirigé vers la porte de son

bureau pour glisser quelques mots à mi-voix à sa secrétaire avant de fermer.

Le père Andrew était ensuite revenu s'asseoir dans son fauteuil en cuir bordeaux, avait pris son livre de prières et sa bible, puis avait revêtu son étole ecclésiastique.

Il avait prononcé quelques versets et s'était tourné vers Rooney.

« Et quel est votre péché, mon fils ?

— Le désespoir. » Rooney connaissait les sept péchés capitaux. Mac s'en était assuré. Hormis la paresse, il les avait tous pratiqués, quasiment en continu, toute sa vie. Mais il avait lu que le désespoir était le huitième et le plus mortel de tous, car c'était le seul qui vous coupait vraiment de l'amour de Dieu.

Le prêtre avait longuement gardé le silence. Dans cette attente interminable, Rooney avait senti ses yeux s'embuer.

« Parlez-moi de votre enfance. »

Surpris, glacé jusqu'aux os, il avait lancé un regard furtif au prêtre, à travers le voile scintillant de ses larmes. Cet homme avait-il donc une telle bonté en lui ? Était-il possible qu'il reste sur terre un peu de décence ?

Alors, sanglotant, Rooney lui avait tout raconté. Cette nuit-là, la fine chemise de nuit en mousseline de sa mère, la pleine lune à la fenêtre derrière elle, cette fenêtre par laquelle était tombée la sœur de Rooney, bébé, en tendant la main à travers la moustiquaire pour attraper une pêche sur l'arbre, hors de sa portée. Elle avait chuté de deux étages jusque sur les marches de pierre menant à la véranda et avait passé une semaine dans le coma, avec la tête grosse comme un ballon de basket, gisant au milieu du lit de ses parents, car le médecin avait annoncé qu'il ne pouvait plus rien pour elle, on n'était qu'en 1954. Ils l'avaient veillée, assis là, attendant qu'elle meure, ou bien que l'œdème se résorbe.

En pleurs, Rooney avait décrit le corps émacié de sa mère, cette autre nuit, la courbe de ses hanches, l'aréole brune des tétons de ses petits seins, son rouge à lèvres noir dans la pénombre, ce rouge à lèvres qu'elle ne retirait jamais. Jamais elle ne se démaquillait la bouche. Elle ne faisait que la recouvrir d'une nouvelle couche pour simuler la gaieté. Cette nuit-là, elle avait hurlé, tandis que Rooney sentait le souffle de son père dans son oreille, la main de son père dans sa bouche, qui l'étouffait et le réduisait au silence, et la douleur soudaine et déchirante de cette intrusion inexplicable à l'intérieur de son corps. Et le bras de sa mère qui se tendait pour gifler l'épaule de son père, encore et encore, dans les cris. Quel intérêt, de le raconter maintenant ? Un acte de violence vieux de soixante ans ? Qui s'en soucie encore ? Tout le monde s'en fout complètement. Tout le monde. Même Rooney. Personne n'en a rien à foutre.

Passé l'âge de vingt ans, plus personne ne se soucie de ce qui vous est arrivé dans l'enfance.

Le père Andrew s'était levé, les larmes aux yeux, et il avait posé les mains sur la tête de Rooney, comme s'il était un enfant dans la file des communiants, trop jeune pour l'hostie et le vin.

Sans réfléchir, Rooney avait glissé du canapé pour s'agenouiller.

Les mains douces du père Andrew sur la tête de Rooney. Il pleurait toujours, impossible pour lui de s'arrêter, il se revoyait petit devant l'autel, encadré par son père et sa mère, elle en chapeau rose et gants de chevreau blancs, et le prêtre qui posait la main sur sa tête d'enfant en marmonnant quelque chose sur la bénédiction des petits confiés au soin de Dieu, avant de passer à autre chose.

Le père Andrew n'était pas passé à autre chose, lui. Il était resté ainsi un long moment, priant ce Dieu auquel Rooney ne croyait pratiquement plus. Comment croire encore ? Sauf à s'imaginer un vieillard à barbe blanche qu'il avait peu de chances de voir un jour. Le père Andrew avait prié longuement, et, du fond de son cœur, Rooney avait appelé une grâce qu'il ne comprenait pas et n'estimait pas mériter, puis le prêtre avait relevé les mains. Il avait prononcé l'absolution sur la tête baissée de Rooney, l'absolution de tous ses péchés, par action et par omission, de son péché de désespoir, puis il était allé s'affaler dans son fauteuil tandis que Rooney lui-même reprenait contenance en essuyant ses larmes dans un mouchoir en lin blanc immaculé, cent dollars les six chez Turnbull & Asser. Puis il s'était virilement raclé la gorge comme si de rien n'était et s'était rassis sur le canapé bordeaux avant de fixer le prêtre de son regard vide.

Avec une expression de douceur infinie, le père Andrew avait fini par lui dire : « L'absolution et la grâce ne vont pas sans pénitence. J'ai un acte de pénitence pour vous.

— Tout ce que vous voudrez.

— Je veux que vous preniez votre voiture dès que possible et que vous vous rendiez dans cette maison en Virginie, cette maison dans laquelle vous avez grandi et que vous possédez aujourd'hui, et qui est un boulet autour de votre cou. Je veux que vous alliez dans cette chambre dans laquelle vous ne voulez pas entrer, et je veux que vous preniez ce lit – j'imagine qu'il est toujours là ?

— Oui, mon père.

— Je veux que vous preniez ce lit et que vous le brisiez de vos propres mains, qu'ensuite vous emportiez les morceaux dans le jardin, que vous versiez de l'essence dessus et que vous y mettiez le feu, et que vous le regardiez brûler jusqu'à ce que la dernière braise se soit éteinte. Et ensuite, lorsque vous serez prêt, pas aujourd'hui, pas ce mois-ci, quand vous serez prêt, je veux que vous vendiez cette maison, que vous lui tourniez le dos et que vous n'y reveniez jamais. Pouvez-vous faire tout cela ?

— Oui.

— Alors allez, mon fils. Allez dans une nouvelle paix du cœur. Ma porte vous est toujours ouverte si vous avez besoin de moi. »

Rooney avait obéi. Il avait pris la route l'après-midi même, arrivant sur place à la nuit tombée, dans le silence seulement troublé par le gargouillis du cours d'eau qui coulait près de la maison et lui avait donné son nom. Épuisé et affamé, il s'était déshabillé et avait dormi du sommeil des morts jusqu'à ce que le soleil soit haut dans le ciel et vienne se refléter sur le miroir de sa grand-mère.

Dès le lever, il s'était mis au travail. Le lit avait plus de cent ans, il était robuste. Rooney avait eu du mal mais, la sueur lui dégoulinant dans les yeux, il avait fini par faire céder une première pièce, puis tout le reste. Il avait traîné les débris du lit en noyer jusque dans le jardin. Il avait peur de le brûler. Il laisserait un tas de cendres qu'il aurait du mal à expliquer, aussi avait-il empoigné une hache et, dans un accès de fureur, avait débité tout le bois jusqu'à ce qu'il ne subsiste pas un morceau de plus de dix centimètres de long.

Puis il s'était muni d'une brouette qu'il avait remplie à de multiples reprises, avant d'aller la vider au plus profond des sous-bois, au milieu des ronciers et des racines, recouvrant le tout de branchages.

Il avait ratissé le jardin pour effacer toute trace. L'après-midi touchait à sa fin. Rooney avait attrapé une bouteille de Jack Daniel's dans le bar de son père – qu'il n'avait plus touché depuis la mort de ce dernier – et, la bouteille ouverte entre les jambes, il avait refait les six heures de route dans l'autre sens pour rentrer à New York.

Il était si saoul qu'il distinguait à peine la route, mais Dieu est miséricordieux avec les enfants et les ivrognes, et Rooney, fonçant avec fureur et détermination, était rentré en un temps record. Il avait vu des gens se faire arrêter pour excès de vitesse, mais ils n'étaient pas lui. À l'évidence, une main douce et bienveillante était posée sur sa tête – ainsi que sur le volant.

Ces souvenirs le submergent, telle une vague soudaine et puissante qui le laisse faible, éreinté. Il revient à lui, à la promenade arborée au bord de l'eau, à Judge assis entre ses jambes, impatient d'aller courir mais attendant le signal de son maître, et à cette douleur comme une décharge électrique continuelle dans ses membres, trompetantrompeurTrump.

Il laisse Judge courir pendant dix minutes, le rappelle et se dirige vers le Cabanon, son minuscule repaire crépusculaire.

Boitant de douleur, retenu de choir par sa seule canne, l'esprit embrumé de vertiges et de bourdonnements, il se replie à l'intérieur, donne une friandise au chien, se prépare à déjeuner – le même déjeuner depuis quinze ans : céréales, miel, framboises et crème fraîche quand il peut se le permettre –, ce déjeuner qu'autrefois il adorait et qui désormais a pour lui le goût de la sciure, et qu'il mange dans son fauteuil, un torchon propre posé sur la poitrine.

Puis il éteint son téléphone, bien que personne ne l'ait appelé de la matinée et que personne n'ait vraisemblablement l'intention de l'appeler dans l'après-midi. Il baisse le thermostat pour recréer le frisson de la nuit, conduit Judge dans la chambre et ferme la porte derrière eux. Il prend un cachet blanc pour ses jambes, un bleu pour l'angoisse, règle le réveil et dort d'un sommeil atroce, dont il n'a pas besoin et qui a pour seule fin de faire passer le temps, de tuer les heures de son existence suprêmement affreuse.

3

Rencard à quatre avec Donnie à La Grenouille

Seize heures. Il se réveille, sonné, les jambes au martyre. Il prend une douche chaude, debout dans la baignoire, s'appuyant d'une main sur sa canne et se lavant de l'autre. Il déteste la douche. Quand tout allait bien, il y a des années, il prenait toujours son bain le soir, avec un verre posé sur le bord de l'énorme baignoire. Encore un souvenir de son paradis perdu pour toujours. Il a tant de vertiges qu'il a constamment peur de tomber, de voir le sang s'écouler dans la bonde, sans parler du casse-tête infernal de la sortie, de la souffrance et de l'effroi poignant en enjambant le rebord, la terreur de cet instant où il pourrait basculer, la canne qui vole dans l'eau bouillante et savonneuse.

C'est déjà jeudi. Comment est-ce possible ? Il ne se lave qu'en fin de semaine, à partir du jeudi, pour aller travailler. Il a un emploi de serveur à temps partiel dans un restaurant local, El Padrone, le genre de mexicain qu'on trouve dans une ville de quatre cents âmes au fin fond de la Virginie, Taco Taco Taco, Burrito Burrito, Taco Bowl, Guacamole, Nachos, Quesadillas. Des margaritas servies dans des saladiers, le volume étant censé masquer l'absence presque totale de tequila. Les gens s'en fichent. Ils se fichent de tout, aujourd'hui.

Bizarrement, l'établissement est tenu par de vrais Mexicains, capables de bien mieux mais qui, vu le contexte, n'ont pas envie de se donner trop de mal. Comment ont-ils atterri ici ? Pourquoi ici ?

Le plus drôle, c'est que le serveur qui fait le plus mexicain s'appelle en réalité Samir, est pakistanais et musulman. Dieu sait comment il a fini dans ce trou.

Un ami de Rooney lui a dit un jour qu'on servait de la meilleure cuisine mexicaine au Dodger Stadium de Los Angeles que sur toute la côte Est des États-Unis, et El Padrone aurait tendance à lui donner raison.

Avec Trotmeier, l'été, ils prenaient l'avion jusqu'à Los Angeles rien que pour un après-midi au stade – Trots était un immense fan de Dusty Baker – et ils flânaient pendant des heures dans le grand hall, passant de restaurant en restaurant pour se délecter d'excellente cuisine et d'innombrables margaritas et shooters à l'huître.

Quel miracle, le shooter à l'huître. Vous prenez une huître fraîche, que vous déposez au fond d'un verre à shot. Puis vous pressez dessus un filet de citron, vous la recouvrez de sauce piquante qui arrache les papilles, et vous remplissez le reste du verre de vodka. Une fois, dans un bar de Malibu avec Trotmeier, ils en avaient avalé quatorze chacun, avant de remonter dans leur décapotable, de rentrer à cent cinquante à l'heure au Beverly Wilshire, où ils s'étaient effondrés dans leurs chambres. Au deuxième étage, dans l'aile ancienne. Toujours les mêmes chambres. Une journée parfaite. Trotmeier lui manque tous les jours et le cœur de Rooney saigne de regret que cette amitié ne soit désormais plus bâtie que sur le souvenir. Trotmeier appelle une fois par mois et ils passent une heure au téléphone. C'est le seul de l'ancienne bande avec qui il soit resté en contact.

On ne sert pas de shooters à l'huître, à El Padrone, même si les huîtres de la région sont réputées dans le monde entier. Rooney se rase avec soin, efface la barbe de quatre jours, ce nuage argenté qui lui recouvre le menton et le cou et que ne voient que les caissières du supermarché. Puis il colle sa moustache de Zapata achetée sur Internet. Elle le démange et le fait ressembler à un croisement vaguement effrayant entre Mark Twain et Albert Einstein, mais il s'en moque.

Il joue un rôle, il sert de la fausse bouffe mexicaine à des péquenauds républicains obèses, le genre à arborer des autocollants « Plus de négro en 2016 » sur le pare-brise de leur pick-up. Ils ont gagné, eux et VentripoTrump, ils sont assis là avec leur gros bide comprimé contre les tables boulonnées au sol, avec leur petit sourire méprisant parce qu'ils voient bien, ça crève les yeux, que Rooney n'est pas l'un des leurs, qu'il ne fait pas partie des saints, des élus menés par DespoTrump fils de Dieu. Ils veulent juste s'en foutre plein la panse et rentrer chez eux regarder Fox News pour avaler encore plus de conneries proférées par *der Führer* qui leur a tout promis et rien donné. Et pour une raison mystérieuse, ça ne les dérange pas du tout.

Tant qu'ils ont un jacuzzi dans le jardin derrière la maison et de l'argent sur le compte en banque, ils se foutent du reste. Ils veulent que tous les démocrates crèvent. Qu'ils crèvent vraiment. Les nègres et les étrangers aussi, et tous ces moricauds qui se déversent par la frontière mexicaine. Ceux-là mêmes qui ont parcouru à pied mille cinq cents kilomètres pour trouver la sécurité et la liberté, et à qui on arrache leurs enfants, leurs *bébés* hurlants avant de les mettre en cage. Pour les péquenauds, c'est une bonne chose. Ça les remplit d'une franche satisfaction, vautrés à poil dans leur jacuzzi.

Étonnamment, dans cette ville qui compte plus de racistes qu'il n'y a de petits pois dans une boîte d'un kilo, il existe une population mexicaine assez importante, qui se charge de tout le boulot salissant que les Blancs ne veulent plus faire, comme travailler dans les champs de soja, ou mettre les mains dans l'huile de vidange, ou nettoyer leurs beaux vêtements de chez Walmart. On trouve même un rayon spécial « produits mexicains », à la supérette, avec sept sortes de piments différentes. Les Mexicains ne viennent jamais à El Padrone.

Rooney arrive à 16 h 30 tapantes, une demi-heure avant l'ouverture au public, en jean noir serré, bottines à talons et chemise rouge, avec un foulard à pointe noué autour du cou.

En cuisine, il prend son repas avec le reste du personnel, et c'est toujours délicieux. Rien à voir avec la merde qu'ils servent aux autochtones, de la vraie cuisine mexicaine comme ils en mangent chez eux et que le cuistot tient de sa mère. Un régal. De la langue de bœuf marinée et du *mole poblano*. Des plats dont Rooney est incapable de prononcer le nom.

L'équipe des cuisiniers s'assied d'un côté de la table, en tablier taché et parlant espagnol entre eux, tandis qu'en face sont alignés les serveurs, dans leur costume ridicule.

Pour terminer le repas, ils prennent de la crème glacée frite, une boule dans sa coque de pâte à beignet chaude et croustillante, avant de se lever en se tapotant le ventre et de remercier le chef. Puis ils passent en salle, où se rue déjà la foule des déplorables attendant leur boustifaille de 17 heures.

Mort de honte et d'embarras, Rooney tend la carte, prend les commandes, se retient d'étrangler les gosses obèses, les types avec leur casquette MAGA, parfois aussi les femmes, avec leurs horribles cheveux jaunes et crasseux qu'elles décolorent elles-mêmes dans leur salle de bains en plastique.

Autrefois, dans un passé lointain, elles étaient peut-être jeunes, belles et sexy, et remplies d'espoir. Mais plus maintenant.

Il se remémore Chinatown, à l'époque où il arrivait juste à New York. Les enfants avaient une peau extraordinaire, jusqu'à ce que les anciens perdent la partie et que McDonald's s'implante partout. En deux ans, tous les gamins étaient devenus gros et couverts d'acné.

MAGA. *Make America Great Again*. MAFA. *Make America Fat Again*.

L'avantage, quand on est un serveur sur talons hauts avec une fausse moustache dans un restau mexicain de merde au trou du cul de TrumpAmerica, c'est qu'on peut se montrer aussi condescendant que l'on veut sans que personne s'en rende compte. On peut servir des margaritas qui ne contiennent pas un millilitre d'alcool, et pourtant ces porcs ressortent raides bourrés.

Ce qu'ils adorent, c'est renvoyer leurs plats en cuisine. Alors Rooney s'exécute avec grâce ; avec son faux accent espagnol, il remporte l'assiette, change seulement la disposition des ingrédients avant de rapporter le tout, et ils mangent, enchantés. Souvent ils se plaignent qu'il n'y a pas assez de crevettes dans le *taco bowl* crevette. « Le menu dit huit crevettes fraîches, pas vrai ? J'en compte que six. »

Rooney a clairement vu le bébé MAGA obèse en

enfourner deux avant même que le bol touche la table, les fourrer dans sa bouche extensible à l'infini. Mais le client est roi, alors Rooney s'incline avec obséquiosité avant de remporter le plat en cuisine, où il dépose ostensiblement sur le dessus trois grosses crevettes, sorties depuis deux heures à peine du congélateur. Puis il rapporte le tout, s'incline à nouveau devant la table en annonçant : « Neuf crevettes géantes, dont une offerte par la maison », et les grosses femmes le dévisagent d'un air ingénu en buvant leur Corona à la bouteille avant d'attaquer leur *taco bowl*, ravies d'avoir eu du rab.

Un soir, alors qu'il se retirait en rampant littéralement, sachant que plus il était humilié, plus il encaisserait de pourboires, il avait constaté en se redressant que le restaurant avait disparu, pour être remplacé par le ravissant décor de La Grenouille, le restaurant français incontournable sur la 52e Rue. Et alors, tous les détails sordides de cette soirée lui étaient revenus d'un coup. De son rendez-vous à quatre avec le jeune Tripotan-Trump en personne.

Jeune, mais pas inconnu. Il tentait déjà de s'imposer sur toutes les scènes sociales auxquelles son argent lui donnait accès et se retrouvait toujours en page six du *Post*, où Liz Smith déballait chaque jour leur content de ragots à ses lecteurs new-yorkais affamés. Donald l'avait draguée, et bientôt ses moindres faits et gestes avaient été relayés par Liz.

Liz ne mentionnait jamais les innombrables faillites de Trump, elle préférait se repaître des détails intimes de son premier mariage avec Ivana. Donald appelait Liz lui-même en déguisant sa voix pour lui livrer le dernier scoop – un nouveau triomphe, un nouveau gratte-ciel, les robinets en or, les toilettes en or. Tous les détails fabriqués d'une vie qui n'était déjà, à l'époque, qu'une fiction mensongère.

Bien sûr, la bande le connaissait. Tout le monde le connaissait. Ils fréquentaient les mêmes restaurants, les mêmes clubs – enfin, Donald ne se hasardait pas dans les boîtes louches comme l'Anvil, l'Interferon ou le Mudd Club, parce qu'il avait trop peur des microbes. Et Dieu sait comment, il savait tout de leurs familles. Sans doute grâce à son grand copain et mentor, Roy Cohn, qui avait passé sa jeunesse avec Joe McCarthy à traquer du communiste comme un chat les rats, à détruire la vie des gens, la Peur rouge, et ensuite la Peur lavande, qui persécutait les homosexuels – dont Roy faisait partie, bien qu'on répétât prudemment et obstinément dans son entourage : « Roy n'est pas homosexuel, il aime juste coucher avec des hommes. » Il se trouve que Donald gobait ça, ainsi que tous les coups tordus que lui enseignait Roy, lequel n'avait pas tardé à mourir du sida, même si sa notice nécrologique évoquait un cancer du foie. Rooney et sa bande les voyaient partout ensemble, Roy et Donald, toujours collés l'un à l'autre, Roy avec sa face repoussante aux yeux enfoncés, comme s'il était déjà mort, aux paupières mi-closes et aux cernes violets, Roy avec ses mains maigres qui papillonnaient dans son assiette car il ne mangeait pratiquement rien. On aurait dit qu'il caressait un amant invisible, un de ces gars en cuir noir qu'il se payait dans les ruelles obscures quand Donald l'avait quitté pour se rendre dans des boîtes beaucoup plus chics et tape-à-l'œil, où il s'offrait des putes à mille dollars qu'il sautait sans aucune protection alors que la peste descendait sur la ville – pas mal, pour un phobique des germes.

Oui, ils connaissaient tous Donald et sa clique.

Et Donald les connaissait. Surtout Rooney.

Trotmeier ne l'intéressait pas. Son père était dans la publicité, le dixième cercle de l'enfer, juste en dessous de l'immobilier, aux yeux de Donald ; pourtant, Trotmeier père était P-DG d'une des plus grandes agences de pub du monde. Quant au père de Fanelli, le merveilleux Fanelli, il travaillait au marché aux poissons de Fulton, mon Dieu, quel type extraordinaire, veuf depuis trente ans, coureur de jupons invétéré. Il avait beau se laver, il sentait toujours le sel et le poisson. Il épargnait tout ce qu'il gagnait pour l'éducation de son fils, pour les meilleures écoles, les plus beaux vêtements, et Fanelli lui avait remboursé Harvard et Wharton en lui achetant un appartement de deux cents mètres carrés donnant sur l'océan à Boca Raton, la Gueule du Rat comme il l'appelait toujours, et pourtant son vieux avait continué à écailler les thons et les flétans tous les jours à partir de 4 heures du matin, jusqu'à ce que ses jambes lâchent et qu'il chope le diabète.

Mais Rooney, c'était autre chose. Il était originaire de Virginie et était vaguement ami avec plusieurs stars de cinéma. Donald ou un de ses sbires avait remonté sa lignée jusqu'à Jamestown. Bon Dieu, Pocahontas était la cousine de Rooney, et Donald savait tout de l'héroïsme de son grand-père dans la guerre hispano-américaine, durant laquelle il avait aidé Walter Read à trouver le remède à la fièvre jaune. Rooney avait tout ce qu'il fallait où il fallait, en termes de pedigree : chez lui, on était américain depuis avant l'invention de l'Amérique, contrairement à Donald, qui descendait d'une ordure de promoteur immobilier juste bon pour la taule, toujours mentionné comme l'un des dix pires promoteurs d'Amérique, c'est dire si la famille comptait pour lui.

La première fois, il était venu se présenter de but en blanc. Bien sûr, Rooney savait qui était Trump. Il avait des cheveux normaux, à l'époque, même s'il s'était fait virer du salon de Freddie Fekkai pour avoir prononcé une injure raciste contre une des employées, sous le prétexte qu'elle ne lui aurait pas correctement rincé les cheveux. Il était venu droit vers eux et avait dit « Salut ». Rooney et lui avaient échangé leurs cartes, et c'est tout. Sauf que, cinq minutes plus tard, une bouteille de Cristal était apparue sur la table, avec les compliments de DJT. Il avait balayé les remerciements de la bande d'un geste condescendant, puis Rooney et ses acolytes étaient retournés à leurs frasques habituelles et la bouteille de champagne s'était rapidement retrouvée la tête en bas dans le seau à glace. C'était leur restaurant préféré ; la nourriture y était indécemment chère et le service odieux, d'une lenteur et d'une insolence inimaginables, tout ce qu'ils aimaient. Ils y passaient leur temps.

Lorsqu'ils avaient demandé l'addition exorbitante, il s'était avéré que Donald, le nouvel ami de Rooney, avait déjà réglé pour tout le monde. C'était largement excessif, d'une vulgarité aberrante, une démonstration non seulement de richesse, mais d'une forme de pouvoir délirante et pathétique, et la bande avait juré de ne plus jamais avoir affaire à lui.

L'immobilier, bon sang. Et son père, promoteur véreux en cabane.

Puis Rooney avait commencé à recevoir des appels téléphoniques, souvent tard le soir. Trump avait réussi à mettre la main sur son numéro, Dieu sait comment, car Rooney s'était mis sur liste rouge à cause de ses nombreux méfaits inavouables : il avait distribué son numéro à tour de bras, accompagné de promesses d'ivrogne qu'il n'avait aucune intention de tenir, le griffonnant d'une main tremblante en fanfaronnant, au son des basses disco assourdissantes du Studio 54. Trump l'appelait à 23 heures, à 2 heures ou même à 4 heures du matin, putain, toujours pour dire la même chose : avec son pote Jeffrey Epstein, ils avaient quatre ou sept ou quatorze filles splendides et il leur manquait des mâles. Rooney connaissait vaguement Epstein, un génie de l'investissement, beau, riche au-delà de l'entendement. On disait qu'il possédait la plus grande maison de New York, Bear Stearns, une école réaménagée, haute de neuf étages avec des voûtes partout, reçue du père d'un des gosses de riches à qui il avait enseigné les maths à la Dalton School pour fils à papa, sous le simple prétexte qu'il avait une tête à savoir gérer des comptes d'investissement de plus d'un milliard de dollars. Un milliard. Et il était aussi accro au sexe. Comme Trump. Comme Roy Cohn. Comme une pléthore de types, pratiquement tous les membres du New York Athletic Club et du Knickerbocker Club réunis. Tout le monde était au courant et personne ne disait rien, parce que ses complices accros au sexe étaient des hommes dont Rooney ne peut toujours pas prononcer les noms, même aujourd'hui, TripotanTrump.

« Cette beauté est de première fraîcheur ! » s'était exclamé Donald un soir, au téléphone, et l'affaire était réglée. Pour Rooney, la limite absolue était le saccage de l'innocence. Les filles avaient été renvoyées chez elles dans la limousine de Donald, en culotte. En larmes, changées pour toujours. Epstein en séquestrait certaines dans sa propriété de neuf étages, tout en continuant à en draguer d'autres. C'était répugnant, et personne ne disait rien.

Rooney avait laissé le répondeur prendre les deux ou trois premiers appels. Ce que Donald voulait faire à ces filles, aidé de la cohorte de types qu'il avait réunie dans ce but, tout ça était tellement infâme que même Rooney ne voulait pas y être mêlé.

Mais Rooney avait fini par prendre les appels. Dieu ait pitié de son âme. Le soupçon n'est pas la vérité. Alors, officiellement, on ignorait tout.

Un après-midi, Donald avait appelé. Enfin, pas lui, une de ses innombrables secrétaires. La première avait vérifié que Rooney était bien qui il prétendait être, avant de lui en passer une seconde à l'accent britannique qui l'avait informé que M. Trump désirait lui parler, s'il avait un moment. Rooney avait obéi.

Trump avait pris le téléphone. « Mon poulet ! avait-il hurlé dans le haut-parleur. Rencard à quatre, ce soir ! Toi, moi et ces deux petites Roumaines époustouflantes ! Elles sont arrivées il y a deux jours ! Elles sont fabuleuses, tu ne vas pas en croire tes yeux ! Elles sont sœurs. Jumelles ! Chattsky et Putsky, un truc comme ça. Incroyable ! Je les ai envoyées chez Bergdorf avec ma styliste personnelle. J'ai balancé leurs bagages dans une benne. Les cheveux, les yeux, les lèvres, les ongles, tout neufs. Des robes qui coûtent des milliers. Et nickel ! Tu sais que je les mets debout sous la douche pendant des heures avant même de les regarder. »

Rooney avait fini par répondre. « Donald, d'où connais-tu ces filles ?

— Tu sais bien, il y a des moyens. Des réseaux. Des gens qui font ce genre de choses. Ils se font un fric, tu n'imagines pas. C'est Jeffrey et Michael Cohen qui gèrent ça. On s'en fout. Ce qui compte, mon poulet, c'est que c'est toi que j'ai choisi dans le monde entier pour un double rencard avec moi. Ce soir. Smoking. Vingt heures. » Sans même demander si Rooney avait d'autres projets, comme s'il passait ses soirées à se tourner les pouces, à attendre que Le Donald, comme on commençait à le surnommer, lui fasse l'honneur de le convoquer.

Le fait est qu'il était en train de se tourner les pouces, attendant impatiemment de se bourrer la gueule en lisant Ezra Pound debout, ce qu'il faisait tous les six mois environ, se mettant tellement minable qu'il ne se souvenait pas d'une seule ligne, ensuite. Comme pour *Madame Bovary*. Il ne se rappelait jamais s'il l'avait lu ou pas. Tous les ans, il se disait : « Bon sang, quel idiot, je suis allé dans les meilleures écoles du monde et je n'ai jamais lu *Madame Bovary* ! » Il s'en achetait donc un exemplaire, se lançait dans sa lecture, tombait chaque fois en arrêt sur la même scène et s'exclamait : « Bordel, mais si, j'ai lu *Madame Bovary* ! » Et le roman tout entier se déployait dans son esprit avec une clarté ahurissante, jusque dans ses détails les plus tragiques, et Rooney poussait un soupir, refermait le livre et le plaçait dans sa bibliothèque rangée par ordre alphabétique… à côté de six, huit ou dix exemplaires identiques. Et un an plus tard, même prise de conscience fulgurante : « Bon sang, mais je n'ai pas lu *Madame Bovary* ! » Et ainsi de suite, jusqu'à la fin des temps.

Dans le combiné, une voix lui hurlait à l'oreille. Ah oui, Donald. Le Donald.

« Des déesses ! Et vierges ! Des jumelles, je te l'ai dit ? Vingt heures. Sors le smoking. La limo viendra te prendre. » (Plus personne ne disait « limo », mais vraiment personne, aucun New-Yorkais digne de ce nom ne disait non plus « Bloomie » pour faire référence au grand magasin, ni « Lex » pour Lexington Avenue, où se trouvait Bloomingdale.) « Vingt heures précises. À La Grenouille ! » (Qu'il prononçait « La Gruneouii », ce trou du cul de nigaud. L'immobilier, ça ne pardonne pas.) Qu'est-ce que Rooney fichait à parler à ce gars ? Quel raté. Il faisait faillite tous les six mois et annonçait aussitôt après un projet de gratte-ciel à soixante-quinze millions, avec des fonds qu'il sortait Dieu sait d'où.

Quoi qu'il en soit, à 20 heures, Rooney était descendu en bas de chez lui pile au moment où arrivait la gigantesque limousine. Un chauffeur en uniforme lui avait ouvert la portière, et Rooney s'était retrouvé à boire du whisky en solitaire sur l'immense banquette arrière, tandis que le véhicule se dirigeait vers la résidence de Trump.

Puis ils avaient attendu, le chauffeur et lui. Et attendu. Rooney avait eu droit à toute l'histoire de la famille du type, à sa vie d'avant en Suisse, quand ils travaillaient chez les Annenberg (« Lui, ça va, mais elle, c'est une horreur »). Il avait dit *horreur* avec une inflexion tellement sophistiquée, avec tant de dégoût que Rooney avait failli en cracher son whisky sur le siège en cuir.

À 21 h 15, Donald avait émergé de son immeuble, c'était vraiment *son* immeuble, et elles étaient bien là comme promis, deux très jeunes filles identiques et totalement renversantes. Il en avait une à chaque bras, en manteaux de vison assortis, avec leurs bracelets en diamant et émeraude, apprêtées et maquillées à outrance, l'air abasourdi. La lumière des réverbères se reflétait dans leurs lèvres rutilantes.

Par-dessus son smoking, Trump portait une écharpe étroite en soie blanche, mon Dieu, quelle vulgarité, et il avait ce même air réjoui que ses fils auraient plus tard, après avoir massacré un éléphant en Afrique.

Une fois dans la voiture, Trump avait braillé : « Alors ? J'avais pas raison ? Extraordinaires, hein ? Elles m'ont déjà coûté une fortune, mais on s'en fout, une chatte est une chatte. Dites à ce monsieur comment vous vous appelez.

— Luminata, avait annoncé la première, visiblement la plus sophistiquée des deux.

— Lacrima », avait dit l'autre avec un sourire timide, dévoilant des dents qu'il faudrait confier *pronto* au Dr Gregg Lituchy, expert en réfection de façade chez les riches et les célébrités – c'était l'année où toutes les stars s'étaient subitement retrouvées avec des sourires parfaits.

« *Lacrima* ? Comme les larmes ? » avait demandé Rooney.

Elle l'avait dévisagé d'un air totalement perdu, avant de répondre : « Mertchi.

— Notre mère très pieuse », avait précisé Luminata, et ç'avait été ses dernières paroles de la soirée.

Dans la voiture qui glissait avec grâce dans les rues de New York, Donald n'avait parlé que de lui, de gratte-ciel et de chattes, apparemment il n'avait que ces sujets-là en réserve. Tout en déblatérant, il pelotait les filles sous leurs micro-robes, comme s'il s'agissait d'un plat de beignets particulièrement appétissants qui lui passait devant les yeux, sans même leur accorder un regard ou un mot. Ses mains minuscules étaient partout. Rooney commençait à être saoul, mais pas encore assez pour filtrer la logorrhée du Donald, ce déferlement d'amour de soi et de l'argent, cet appétit vorace pour l'odeur des femmes sur ses doigts qu'il reniflait sans cesse d'un geste particulièrement répugnant, et cette haine de tous ceux qui n'étaient pas blancs et qui bousillaient la ville.

Les deux filles étaient assises entre eux, main dans la main.

La limousine s'était garée devant La Grenouille, le

magique et légendaire restaurant français sur la 52e Rue Est. On y servait l'exact opposé de la cuisine d'avant-garde. Le genre de dîner que Proust aurait demandé au Ritz.

L'entrée à La Grenouille était une expérience époustouflante. On racontait que le budget mensuel des fleurs dépassait à lui seul les deux cent mille dollars. Ils avaient été accueillis par Charles Masson, le maître d'hôtel historique, fils de Gisèle, doyenne des lieux. Charles avait à peine posé le regard sur Trump que Rooney y avait lu de la peur, certes tempérée par une déférence obséquieuse, mais dépourvue de la touche de charme et de cordialité qu'il manifestait aux habitués. En voyant Rooney, son visage s'était éclairé et il lui avait tendu la main en le saluant chaleureusement par son nom.

Dans l'entrée se dressait une composition florale éblouissante qui les dépassait tous de trois mètres, une explosion de couleurs et de parfums d'une beauté Renaissance sans pareille dans toute la ville. On les avait conduits à leur table, la table habituelle de Rooney, avec banquette d'angle, et ils s'étaient installés tous les quatre, les hommes à l'extérieur, les filles au milieu, toujours main dans la main.

Chacune des tables avait sa petite lampe à abat-jour de soie crème et ampoule rose, et l'éclairage particulier par le plafond conférait un éclat rosé au teint. À La Grenouille, tout le monde avait l'air beau.

Quand le sommelier s'était approché, Trump avait commandé un Coca light pour lui et une bouteille de châteauneuf-du-pape pour les trois autres. Lorsqu'on la lui avait tendue, une fois débouchée, pour qu'il goûte, Trump avait bruyamment fait tourner le vin dans sa bouche – il était de notoriété publique qu'il ne buvait pas –, avant de recracher par terre. « Ce vin, c'est de la merde », avait-il beuglé au sommelier épouvanté, qui avait poussé un « iiiiik » suraigu de souris prise dans une tapette. Vraiment, il avait fait « iiiiik », même si cela sonnait tellement mieux en français. *Iiiiique*.

« Mes invités veulent du bon vin. Donnez-moi la bouteille la plus chère de la carte. Maintenant. FISSA ! »

Le sommelier avait reculé avec obséquiosité, s'inclinant tellement bas que le tastevin qu'il portait autour du cou avait failli toucher par terre, avant de se retourner et de déguerpir en glapissant toujours comme une souris. Ils ne l'avaient plus revu de la soirée. Les convives alentour, sous le choc, étaient progressivement retournés à leur repas, tandis que des aides-serveurs surgissaient de nulle part pour éponger le vin. Le volume sonore ambiant avait baissé d'un ton, subtilement. Les visages rosés avaient rosi un peu plus. Quelqu'un s'était levé, sans doute pour aller appeler Liz Smith.

La nouvelle bouteille était arrivée. Trump ne l'avait même pas goûtée.

Lorsqu'il avait fallu commander, Trump avait exigé du bœuf Wellington.

« Donald, avait hasardé Rooney d'un ton hésitant, c'est un restaurant français. Ils ne font pas de bœuf Wellington.

— Ils ont du bœuf, pas vrai ? Et de quoi faire de la pâte, non ? » Il s'était tourné vers le serveur. « Un bœuf Wellington, s'il vous plaît, très cuit. Et mon foutu Coca light. Avec des pailles. »

Le serveur avait adressé un regard impuissant à Rooney.

« Une offrande brûlée aux dieux de la cuisine », avait commenté ce dernier en français, et le serveur avait enfin souri avant de prendre sa commande, vichyssoise, quenelles de brochet et île flottante en dessert. Le garçon s'était approché et lui avait tapoté l'épaule, se retenant visiblement de l'embrasser. Luminata et Lacrima avaient eu droit à des salades composées, choisies par Donald.

Le dîner avait duré une éternité, avec Donald qui se plaignait systématiquement de tout, particulièrement du fait que les serveurs ne parlaient pas anglais. Déjà à l'époque, il détestait les étrangers.

« Tous les étrangers ? avait blagué Rooney, tentant de détendre l'atmosphère.

— Tous jusqu'au dernier, putain. » Le fait qu'il y ait des étrangères assises entre eux n'avait pas paru le gêner, en revanche.

« C'est pas bon. On est à New York. Ce qu'il faut à ce pays, c'est plus de haine », avait déclaré Donald, totalement sérieux. Ils avaient poursuivi leur repas en silence, les filles mangeant tout le pain sur la table et jusqu'à la dernière miette de leur salade, comme si elles mouraient de faim, depuis toujours. Il était évident qu'elles avaient envie d'un dessert, mais Donald avait refusé catégoriquement, aussi avaient-elles englouti des cuillerées de sucre qu'elles prélevaient dans le sucrier, jusqu'au moment où Donald avait donné une tape sur la main de Lacrima, fort – ce type énorme avec sa main minuscule, frappant cette pauvre petite affamée. Elle avait porté la peau rougie à sa bouche pour soulager la douleur, puis s'était mise à sucer son pouce jusqu'à ce que Trump demande l'addition.

Le dîner avait pris fin, et ils étaient partis, après que Donald avait laissé un pourboire misérable en pièces. Dès qu'il avait eu le dos tourné, Rooney avait déposé un billet de cent dollars sur la table. Les serveurs l'adoraient. Ils auraient volontiers donné tout leur salaire pour voir Donald partir, sous les chuchotements des autres convives. « C'est lui », semblaient-ils tous murmurer à l'unisson, tandis que les deux hommes et les deux jeunes filles quittaient le restaurant, poussés par une vague sifflante.

Dans la rue, alors que les filles frissonnaient dans leurs manteaux de fourrure que Trump ferait sans doute rendre le lendemain matin, Donald lui avait lancé : « Tu veux laquelle ?

— Pardon ?

— Laquelle des deux ? Je veux dire, elles sont pareilles, alors je m'en fous. C'est toi qui choisis.

— Tu plaisantes.

— Tu vois comme je suis généreux. Luminata ? Lacrima ? Ou bien tu veux qu'on rentre tous s'amuser chez moi ? »

Porc. Demeuré. Petite frappe mal dégrossie.

Les jumelles avaient échangé un regard déchirant, comme si elles devaient ne jamais se revoir, toujours main dans la main, les lèvres moins rutilantes.

Lacrima s'était avancée pour prendre la main de Rooney.

« Merci pour le dîner, Donald, et pour le… le… Je suis descendu au Pierre, alors je pense qu'on va rentrer à pied.

— Comme tu voudras », a répondu Donald en glissant la main sous la jupe de Luminata pour l'attraper par les parties intimes et la traîner jusqu'à la voiture. « Amuse-toi bien. »

Rooney et Lacrima avaient gardé le silence durant tout le trajet jusqu'à l'hôtel, sauf lorsqu'ils avaient dû s'arrêter à un feu rouge. La petite s'était alors tournée vers lui. « Mertchi », avait-elle simplement dit.

Merci pour quoi, il l'ignorait, mais il l'avait prise

par la main, lui avait fait traverser le hall en marbre et prendre l'ascenseur jusqu'à la chambre 3411, celle où il descendait toujours lorsqu'il avait fait un choix hasardeux en affaires ou en amour et devait fuir quelque chose ou quelqu'un. Il adorait cette suite parce qu'il avait Neva pour femme de chambre. C'était une belle femme, alors âgée d'une trentaine d'années. Au fil des ans, il avait fini par tout savoir de ses enfants, de ses retours à Puerto Rico pour les voir et des rêves d'études universitaires de ses fils.

Autre grâce du Pierre, Rooney avait pu déposer un jour à la réception une douzaine de verres Baccarat anciens qu'on lui gardait précieusement, de sorte que, chaque fois qu'il se présentait à l'hôtel, il savait que ses verres l'attendaient, bien alignés et étincelants, tels les joyaux de la couronne. Un jour, à son arrivée, il en manquait un. Il avait été remplacé l'après-midi même, dans une boîte cadeau de chez Baccarat.

Une fois dans la chambre, Rooney et la fille avaient contemplé le magnifique parc en contrebas, tout gênés, Lacrima frissonnant dans son manteau de fourrure.

« Je peux te servir quelque chose à boire ? avait-il proposé.

— Vodka », avait-elle répondu à voix basse.

Il lui avait préparé un verre ; le temps qu'il se retourne vers elle, elle avait déjà fait glisser ses bas autofixants jusqu'aux genoux, et son vison gisait sur la moquette.

« Arrête. S'il te plaît, arrête », avait-il dit.

Elle s'était relevée, entravée par ses bas, visiblement désemparée et ne sachant ce qu'on attendait d'elle.

« Tu n'es pas obligée de faire ça.

— Non ?

— Non. » Il lui avait tendu son verre, qu'elle avait vidé d'un trait.

« Toi m'aimes pas ? Donald furieux.

— Je m'occupe de Donald. Je te renvoie chez toi. Où habites-tu ? »

Elle s'était penchée pour ramasser son manteau et sa minijupe qui ne cachait rien, et avait sorti d'une poche un morceau de papier sur lequel était griffonnée une adresse sur la Première Avenue.

« Là.

— Alors on va te mettre dans une voiture, il y en a une en bas spécialement pour les invités. Tu vas rentrer à la maison.

— Pas comprendre. »

Elle avait fondu en larmes.

Conscient que la situation lui échappait complètement, Rooney l'avait aidée à remonter ses bas, en prenant grand soin de ne pas la toucher *là*, lui avait remis son manteau et ils étaient redescendus, avec le liftier qui veillait à ne pas les regarder.

La Mercedes attendait, Carlo le chauffeur debout dans son uniforme à côté, en train de fumer une cigarette.

« Carlo, cette dame doit rentrer chez elle, l'avait informé Rooney en lui tendant une liasse de billets. Elle habite là. » Il lui avait tendu le morceau de papier chiffonné et poisseux de sueur et de larmes.

Carlo avait ouvert la portière. « Mertchi », avait dit Lacrima, les joues souillées par les coulures de maquillage.

« Mertchi, *gentleman* », avait-elle conclu en faisant rentrer ses jambes interminables à l'arrière de la voiture. Et ils avaient disparu, Carlo vers une autre course à cinquante billets, et Lacrima… eh bien, Lacrima. Qu'arrivait-il aux filles comme elle ?

Enfoiré de Trump.

Les larmes de Lacrima ne faisaient que commencer,

avait pensé Rooney, tout frissonnant dans le vent froid, avant de s'engouffrer dans la porte-tambour du Pierre.

« Maman ! Je suis rentré ! » avait-il hurlé dans le long hall désert.

Sa voix s'était répercutée sur le marbre sombre. Mais personne ne lui avait répondu. Personne ne répondait jamais.

4

Sic transit gloria mundi

Le verre qui vous explose entre les doigts. Le bruit d'une assiette en porcelaine qui s'écrase au sol en plein dessert, superbe modèle d'une série de huit, peintes à la main, datant du XVIIIe et ayant traversé les siècles, pour finalement connaître une mort brutale entre les mains savonneuses d'une extra engagée pour la soirée. Ce long périple, depuis l'atelier du maître artisan français jusqu'au sol en granit de sa cuisine. La fenêtre qui se fendille une nuit à cause du gel, des cristaux de glace qui transforment le lever du soleil en vision miraculeuse de Noël, les Noëls de toute une vie, même ceux où l'on s'est réveillé seul dans une ville que l'on méprisait.

Le jeu de la lumière vespérale sur la vallée luxuriante de Virginie, les champs verdoyants et iridescents sous les rayons obliques, les herbes hautes et les douces collines se courbant pour rendre grâce à l'immensité bleue, aux montagnes indigo qui vous bercent et vous enlacent depuis la nuit des temps, dont la vision rassurante vous entoure à perte de vue, House Mountain, Jump Mountain, ces monts que vous avez gravis avec des amis, avec à la main des packs de mauvaise bière qui avait tiédi le temps d'arriver au sommet, mais vous vous en moquiez.

Tout ce qui a passé. Tout ce qui s'est perdu. On ne

retourne jamais aux sources. C'est d'une tristesse infinie, mais c'est aussi glorieux.

Ne reste que la mémoire, et même elle se fendille telle une vitre cristalline.

Le long trajet, le jour de Noël, jusqu'au Cozy Corner parce que Tommy dormait encore sur le canapé et que Millie était la seule à vendre de la bière un 25 décembre. Il y avait déjà des cheminots solitaires accoudés au comptoir avec leur petit noir et leurs œufs au plat, des gars dont les enfants se trouvaient dans des villes à l'autre bout du pays, dont les petits-enfants dévalaient à cette heure l'escalier pour se ruer vers le sapin dans un pavillon flambant neuf, alors que la maison de famille tombait en ruine. Ces vieux cheminots contemplaient le pull de Noël qui ne leur allait pas – « de la part de Tom et des petits », « de la part de Louise » –, pas pressés de rentrer dans la maison glacée où il fallait remettre le poêle à bois en marche.

Les gens meurent. Les gens qu'on aime. Les animaux de compagnie meurent, et on les enterre dans le jardin sans même un petit panneau, et le temps que l'herbe repousse sur leurs tombes on a oublié leurs noms.

De jeunes Noirs de dix-huit ans se font abattre alors qu'ils n'ont qu'un téléphone portable à la main, et c'est tellement fréquent que leurs noms et la vague d'indignation qui suit sont engloutis par cette obsession lancinante : comment faire dégager UsurpaTrump ? Des Noirs et des Latinos, des pauvres qui croupissent dans des cellules, parfois pendant des années, à attendre une date de procès pour des infractions mineures qu'ils ont ou n'ont pas commises.

Les pauvres n'ont aucun espoir. Les Noirs vivent de fureur, de cette rage qui les abreuve et les nourrit, puis ils se font tuer par des flics trop zélés qui les haïssent de toute manière, et ces flics n'atterrissent jamais en prison, leurs mères confectionnent de petits autels sur lesquels elles déposent leur photo de classe de lycée dans son cadre minable, entouré de fleurs en plastique, et il faut choisir un camp – même si, à long terme, peu importe de quel côté du gouffre insondable on se place.

On reste là, impuissant, à regarder ce pays se fracturer, notre nation, notre foyer, pendant que les hommes politiques discourent *ad libitum* sur les droits de douane, le prix des céréales dans les bastions agricoles de ce qui était jadis le premier pays du monde libre, figure phare de l'équité.

La mémoire qui se fracture elle aussi, ne laissant plus à Rooney qu'un seul souvenir de Belmont Day, en 1984, celui de Meghan, la fille de neuf ans de son ami, déclarant d'un air dédaigneux, tandis que le soleil se couchait sur la voie ferrée aujourd'hui désaffectée et les champs d'un vert parfait : « Je préfère Hialeah », avant de retourner dans le club-house rejoindre son père, lequel allait bientôt mourir sur un brancard dans un couloir d'hôpital à Cleveland dans l'attente d'une greffe du foie, empoisonné par l'alcool à quarante-deux ans. Et ce sentiment de solitude insidieuse, un soir de Saint-Sylvestre, parmi une foule d'hommes en smoking et chaussures vernies, avec leurs femmes vêtues de robes de bal exorbitantes rouges ou bleu roi, et cette décoration de pièce montée pour feindre la gaieté.

Quelle tristesse incommensurable. Une tristesse aussi infrangible que les diamants à leur cou de cygne…

Ça passe. Tout passe et se métamorphose en autre chose, qui n'est pas vraiment du souvenir, mais peut-être du chagrin. Et de la peur.

Les outrages de la vieillesse.

L'éclat de la jeunesse, le rayonnement de l'enfance,

les merveilles du monde tout neuf et qui ne demande qu'à être effeuillé voluptueusement, tel un oignon.

La montagne de ronces sur l'autre rive du cours d'eau, dans laquelle il avait taillé un tunnel à la seule force de ses mains de garçonnet de dix ans, et la cachette au bout, à l'abri des regards et du bruit, où il passait des heures à rêver de gratte-ciel même s'il n'en avait jamais vu, à rêver de beauté, de rois et de reines, d'hommes, déjà à cette époque, avant de vivre par devoir des relations glorieuses avec des femmes extraordinaires, auxquelles il donnerait un plaisir singulier grâce à la courbe de son pénis qui s'emboîtait de manière unique. Cette cachette dans les ronces était sa maison, à cet enfant déjà solitaire, intouchable, qui se masturbait sans qu'il sorte rien, et pour encore bien longtemps. La beauté de la nature, le gazouillis du cours d'eau qui descendait en cascade depuis la montagne, chargé de neige et de glace au printemps et de serpents l'été. C'est là que son frère avait négligemment perdu la montre en or offerte par son parrain alors qu'il était encore bien trop jeune pour posséder un objet d'une telle valeur. Tout disparaît, et pourtant demeure.

Comme chaque lever de soleil sur la rivière. Il passe, et demeure.

Comme chaque vague, chaque ondulation sur l'eau, infiniment répétées, car la rivière connaît son but, a le mouvement pour raison d'être, elle transporte les hommes et l'âme, les réjouit de ses couleurs changeantes, du rose à l'indigo, avec ses marées, aussi prévisibles et exactes que le Temps même, et le gel l'hiver qui la fait se retirer si loin de la rive, recouverte d'une couche trop fine pour supporter le poids d'un enfant.

Et brusquement la douleur est là et jamais elle ne diminuera, et le diable déguisé en bonimenteur aux cheveux orange entre sur la scène du monde pour infecter le sang d'une nation tout entière. Trompetantrompetan-trompetanTrump.

La douleur dans les jambes, la honte nouvelle d'être américain, cette gêne tenace qui l'étreint dès qu'il pose le pied par terre le matin, puis la décharge qui enveloppe toute la jambe avant qu'il ait pu atteindre sa canne bas de gamme, sa canne de supermarché, qu'il manie tel Philippe Petit son bâton de funambule entre les tours du World Trade Center, dans un équilibre audacieux. Sauf que lui ne tombait pas, et il revient à l'esprit de Rooney qu'il l'a bien connu, qu'ils ont même partagé un appartement pendant un an, avant que Philippe disparaisse de la circulation, que les tours s'écroulent et que tout change à jamais.

Et qu'il ne reste plus rien du monde d'avant.

Rien.

Personne n'avait rien pu faire. Trois mille hommes et femmes avaient péri et, chaque matin, parmi les centaines de portraits qui défilent sur son économiseur d'écran, il voit cet homme tomber du ciel. Il a la vision indélébile d'un homme, un serveur, qui chute tête la première du sommet de la tour, qui a choisi de sombrer plutôt que de brûler vif. Un héros américain, l'oiseau de la mort.

Personne n'avait rien pu faire.

Depuis cette date, les ouvriers et les employés travaillant dans une tour portent tous autour du cou une étiquette à leur nom. La liberté et l'identité, englouties par les flammes. Toutes ces enquêtes, tous ces rapports, les millions dépensés, tout ça pour rien. C'est arrivé, voilà tout. Oussama est mort dans des conditions sordides et on a cru que c'était terminé. Ce ne sera jamais terminé. Jamais. Ce n'est que le commencement d'une nouvelle ère, qui a débuté ce jour-là.

La vision de ces étiquettes lui avait donné envie de vomir, avait ravivé le chagrin qui refusait de se laisser enterrer, malgré la beauté du mémorial vers lequel affluaient depuis les touristes.

Personne n'avait rien pu faire.

L'Amérique a le cancer. Rooney avait le cancer, si jeune déjà, dans sa cachette parmi les ronces.

TrompetantraîtreTrump.

Comme pour ces avions de la mort, personne n'a rien vu venir, ni n'a pu ou voulu croire que ce soit arrivé.

Comme Madame Bovary, qui va et vient, sa broderie inachevée sur les genoux.

Le verre qui éclate au creux de la paume. La fenêtre qui se craquelle dans le froid, la beauté kaléidoscopique des cristaux de glace.

Les tragédies arrivent. La terreur est bien réelle, depuis l'instant où l'enfant pénètre dans sa cachette au milieu des ronces pour s'isoler du bruit, de l'invasion, de ce père qui le traite de porc à table, tous les soirs. Qui lui hurle dessus devant tout le monde lors d'un pique-nique au bord du lac, saccageant tout, chaque fois, simplement parce que le petit lui a demandé pour la deuxième fois s'ils pouvaient louer une barque, une heure, deux dollars, et les autres, ceux qui pique-niquent autour, retiennent leur souffle, tendent la main vers leur verre et détournent le regard.

Il a une minuscule bosse sur le pénis qui se remplit de pus blanc et épais ; il ne le raconte à personne, car il sait, à dix ans déjà, qu'il est en train de mourir de ce qui lui est arrivé, cette nuit-là, la bite de son père, le rouge à lèvres noir de sa mère dans l'obscurité, ses tétons sombres à travers sa chemise de nuit d'été bon marché en mousseline. Depuis cette nuit, il sait qu'il est en train de mourir et que son contact est fatal.

À dix ans, il avait découvert cette peur qui ne l'a plus jamais quitté, au point que dix ans plus tard il était allé voir un nouveau médecin, convaincu qu'il souffrait d'une maladie sexuellement transmissible. Le médecin l'avait examiné, avait pris son pénis dans sa main et fait une prise de sang, sans quitter Rooney des yeux et en dissimulant à peine son embarras. Au téléphone, il lui avait annoncé quelques jours plus tard qu'il était en parfaite santé.

« C'était qui ? » avait demandé sa mère, qui l'avait dévisagé avec insistance pendant tout le coup de fil.

Il n'avait su quoi répondre. « Un copain de fac », avait-il lancé avant de quitter la pièce, éminemment conscient qu'elle ne l'avait pas cru.

L'amour et la douleur. Le sexe, c'est la mort.

On n'y peut rien. C'est comme ça, c'est inexplicable. Un petit garçon, ça ne sait rien. Il se croit à l'agonie parce que son père l'a envahi dans le noir et il sait que, désormais, il lui suffira d'effleurer quelqu'un pour qu'il meure aussi – comme le jour où, assis à côté de Celestia Dillard, il lui avait timidement pris la main et avait éjaculé dans son slip. À l'époque déjà il savait que tous ceux qu'il toucherait disparaîtraient avec lui. Comment c'était possible, putain ? Comment ? Les femmes, mortes. Les enfants, difformes et morts *in utero*. Comment vivre avec ça ?

Personne n'y pouvait rien. C'était arrivé, et désormais il portait une étiquette autour du cou, la porterait jusqu'à la fin de ses jours.

Sa sœur cadette ressemblait incroyablement à son frère aîné. Lui ne ressemblait à personne. Sa mère lui avait raconté qu'il était le plus beau bébé qu'elle ait vu de sa vie, si beau qu'elle n'avait pu le prendre dans ses bras pendant deux ans. C'est une nounou du nom de Page qui s'était occupée de lui, Page qui bien plus tard avait abattu son mari en pleine rue parce qu'il avait volé la cagnotte de Noël pour aller se saouler. Elle avait été acquittée.

Où était sa mère, pendant ces deux années ? Où était son lait ? Il existe un terme – la cathexis – qu'on utilise parfois pour décrire l'échange d'énergie épanouissant entre une mère et son enfant à travers l'allaitement. Sans cet échange, l'enfant dépérit et fait l'expérience de la solitude, avant même que le concept ait pris forme dans son esprit. Qu'avait-il ressenti, pendant ces deux ans ? Avait-il bu le lait de Page la meurtrière ? S'était-il senti seul ? Portait-il déjà autour du cou l'étiquette à son nom avant les tours, avant les flammes, avant même de sortir du berceau que son père avait fabriqué pour son frère ?

Plus tard, il s'était inventé des histoires très élaborées au sujet de son adoption fantasmée, qu'il avait racontées à toute la famille, allant les trouver à tour de rôle dans leur chambre, au coucher. Avec le temps, ses théories s'étaient faites de plus en plus baroques. Ses *vrais* parents s'appelaient Russell et Blanche, et Rooney avait surgi de la matrice de Blanche au moment où le camion avait heurté une bosse sur la route – parce que ses parents étaient routiers. Russell avait parlé à sa femme d'un bout à l'autre, répétant son nom, que la bosse avait scindé en deux syllabes : Blan-anche. Ce jour-là, ils transportaient une énorme cargaison de choux, et Rooney s'imaginait toujours en couche, allongé sur un tas de choux, à bord du gros-cul qui fonçait à travers le pays.

Lorsqu'il racontait sa légende, tout le monde riait de son imagination si vive et de sa capacité à façonner jusqu'aux détails les plus infimes de la vie de Russell et Blan-anche.

Ces histoires étaient comme un pansement sur sa douleur, un remède à la mort qui s'était glissée en lui cette nuit-là. À travers leurs rires, il se sentait aimé, au moins le soir, dans le noir.

Quelqu'un aurait-il pu faire quelque chose ? Personne n'aurait rien pu faire.

Rooney repense à Antonin Artaud, qui avait été le plus bel homme du monde et dont la beauté avait été ravagée par vingt ans d'absinthe et de drogues. On raconte que les femmes s'évanouissaient à sa simple vue et qu'on devait les évacuer du théâtre sur des civières.

C'était avant. Avant que tout soit anéanti.

Le lever du soleil, le charme délicieux du chant des oiseaux, l'aigle d'Amérique perchée dans les hauts pins noirs, qui s'occupe de ses petits et les regarde prendre leur envol. Rentrent-ils pour Noël ? Écrivent-ils une lettre de château, après être revenus en famille pour le week-end, comme on l'attendait de Rooney ? Se sent-elle seule, cette mère aigle dans les hauts pins, à attendre en vain un retour ? Son mari aigle porte-t-il une étiquette autour du cou ?

En vol, l'aigle d'Amérique a une envergure de deux mètres. Les plumes de sa tête et de sa queue sont blanches, son bec jaune. Elle est le symbole d'une nation depuis 1782. Elle est d'une beauté majestueuse, joyau de la couronne d'une démocratie ailée, et son vol est époustouflant pour ce pays lui-même époustouflant. Lorsqu'elle bat langoureusement des ailes puis s'immobilise, totalement déployée, en appui sur l'air, céleste et divine, elle proclame : « Voilà qui nous sommes, qui nous voulions être, notre éternité, d'une mer scintillante à l'autre, par les plaines verdoyantes et les monts arides, par les champs de blé et de maïs où paît le bétail. »

Et ces hommes et ces femmes qui font de leur mieux, essaient vraiment d'être des gens bien gardant la foi, dans ce pays de plus en plus séculaire qui va à l'église mais tourne le dos à ce Dieu qui lui parle entre les quatre murs des églises, depuis la cathédrale la plus majestueuse jusqu'aux boutiques abandonnées où se réunissent les Noirs pour prier et sanctifier leur vie de misère.

Amen.

Et pourtant.

Amen, ma sœur. Loue le Seigneur.

Ils sont toujours croyants. Ils croient de tout leur cœur, de tout leur corps, à la sueur de leur front, à travers leurs chants. Ils croient en Jésus. Ils croient qu'Il viendra les sauver. Ils croient en Dieu.

Ils ne pensent pas à InquisiTrump. Ils pensent aux moyens de nourrir leur famille. Ils attendent indéfiniment leurs bons de nourriture dans la queue interminable, ils attendent qu'on les prenne en charge aux urgences, quand sous leurs yeux des Blancs arrivés après eux entrent directement. Mais, à l'église, les dames sont parées de leurs plus beaux atours et ils louent le Seigneur et chantent Son nom.

Et leurs hommes se saoulent le vendredi soir, assis en débardeur sous la véranda, ils discutent en buvant de la bière et du mauvais vin, et tôt ou tard ils entendent éclater un coup de feu en bas de la rue, ce claquement qui ne ressemble à aucun autre son, et l'un de leurs fils se fait descendre à cause d'un deal qui a mal tourné, ou au sujet d'un vélo, ou pour une radio volée.

Le fils gît tel un roi déchu dont la mort ne surprend pas vraiment. Les fils reposent dans des cercueils que leurs parents ne peuvent s'offrir, à l'Église méthodiste épiscopale africaine de Sion, ou à l'Église du Triomphe universel, empire de Dieu, ou dans d'anciennes boutiques exiguës aux vitres tendues de noir, et la complainte des parents et des autres mères ayant perdu un fils s'entend à des dizaines de mètres à la ronde, tandis qu'ils chantent pour le salut de l'âme de Michael, d'Andre ou de Prince, ou parfois de Shawonda, ou de Denise, neuf ans.

Un homme blanc armé d'une kalachnikov pénètre dans une église à bardeaux blancs et, en quelques secondes, tue neuf petits enfants.

Ces gens implorent un Dieu qu'ils ne verront jamais. Un Dieu qui ne viendra pas s'asseoir à leur table pour partager leur maigre repas solitaire. Et leur vie ne fait qu'empirer, on arrache les bébés des bras de leur mère pour les mettre en cage, voilà ce qu'il reste de l'Amérique, et Robert Iger de chez Disney empoche soixante-deux millions de dollars annuels pendant que quarante-huit mille enfants yéménites meurent de faim, et Dwayne « The Rock » Johnson, ex-catcheur, gagne cent vingt-quatre mille dollars pour faire une apparition dans des films débiles pendant que les habitants de Flint, dans le Michigan, boivent de l'eau marron, tellement polluée au plomb que leurs enfants mourront de cancers précoces et de maladies du sang.

TrompetantrompeurtraîtreputaindeTRUMP.

Aux chiottes les riches qui baisent les pauvres.

Et pourtant.

Les endeuillés chantent leurs louanges au Seigneur qui, pour eux, est bien réel, et les jeunes garçons, si tendres et si ignorants du monde, continueront à passer le bras autour des épaules des filles, et les filles se rapprocheront légèrement, en quête de chaleur humaine et de réconfort. Ils continueront à s'allonger dans les herbes hautes au crépuscule, à s'embrasser et à ressentir un éblouissement tel qu'il éclipserait jusqu'à l'émerveillement devant la chapelle Sixtine, un frémissement dans le bas-ventre capable de nettoyer l'eau mortelle et de nourrir les bébés. Leur peau chatoiera et frissonnera comme si une douce brise passait sur l'eau bleue et glacée, immobile. C'est ce frisson-là qui gardera le monde en vie. Ce frisson, depuis toujours.

On continuera à se promener parmi les fleurs sauvages de Virginie, la digitale pourprée et le soulier de Notre-Dame, le grand iris, le trille blanc et l'arnica, et aussi l'extraordinaire pinceau indien. On partira à vélo pique-niquer dans la forêt, on cherchera des chanterelles et des morilles, et on passera la journée au soleil, à savourer des sandwichs en se réjouissant d'une si belle cueillette. Le week-end, on confectionnera une omelette inoubliable pour impressionner les invités, qui s'extasieront devant le bouquet de fleurs sauvages décorant la table, ces fleurs des collines ondulantes, et devant leurs assiettes remplies de raretés valant le prix du caviar à New York.

On ne peut pleurer tout ce qu'on a perdu. On ne peut porter éternellement le fardeau du chagrin. Le geste d'une femme aimée s'attachant les cheveux le matin est aussi miraculeux que la construction du Sphinx de Gizeh. C'est magnifique. La beauté demeure, Dévasta-Trump. C'est ce qui est tellement insoutenable.

Chaque soir, ils prenaient un grand bain ensemble et savonnaient leurs jeunes peaux, pratiquement sans un mot, elle lui lavait les cheveux avec un shampooing ruineux venu de France, puis ils se levaient, déjà excités, et s'essuyaient l'un l'autre, sans oublier l'entrejambe et les aisselles. Ils enfilaient les peignoirs qu'elle leur avait achetés et allaient s'asseoir dans le salon, lui par terre et elle dans le grand fauteuil, et elle lui brossait les cheveux jusqu'à ce qu'ils soient complètement secs, soyeux et brillants, et alors seulement ils allaient se coucher et faisaient l'amour pendant des heures. Son pénis était plus gros que celui de son ancien copain, affirmait-elle, mais elles disent probablement toutes ça. L'ancien copain était un photographe célèbre, beau à couper le souffle, dont on voyait chaque mois les œuvres dans *Vogue*, et elle l'avait quitté, et cette confidence qu'elle faisait à Rooney, bien que sans doute mensongère, le rendait fier comme un chef de guerre goth.

La femme de ménage amidonnait et repassait ses caleçons et, à vingt-sept ans, il participait à des réunions avec des P-DG du double de son âge qui le jaugeaient de leur regard implacable et Rooney se disait : « Ils portent des caleçons froissés », et il savait qu'il pouvait leur faire faire tout ce qu'il voulait, n'importe quel investissement risqué, n'importe quelle tractation financière bien au-dessus de leurs moyens pourtant considérables.

Alors qu'ils étaient très jeunes, Fanelli lui avait appris un tour. Ils avaient vingt-quatre ans, des postes bien au-dessus de leurs compétences et pour seul outil de travail un instinct de tueurs. Fanelli l'avait emmené acheter de fausses Rolex en or. Dans les réunions, quand ils voulaient se faire entendre, ils tendaient les mains pour relever leurs manchettes et posaient les poignets sur la table, et brusquement tout le monde se redressait et les écoutait comme si Bouddha en personne venait d'entrer dans la pièce.

La grand-mère de Rooney avait une paire de pendants d'oreilles en diamants trois carats, ses « breloques », comme elle les appelait. En vieillissant, elle trouvait de plus en plus difficile de devoir attendre dans les magasins, aussi avait-elle fait monter les boucles d'oreilles en bague, si bien que, lorsqu'elle se retrouvait négligée par les vendeurs, elle retirait simplement son gant et posait la main sur le comptoir. On accourait alors pour s'occuper d'elle, et elle faisait mettre sur son compte des articles qu'elle n'avait aucune intention de payer.

L'appât du gain. Rooney perçoit distinctement la ligne droite entre la bague de sa grand-mère et la Maison Blanche.

Tout passe. Seule la mémoire demeure. La mémoire est une liberté autant qu'une prison. C'est tout ce qui nous reste quand la tasse à déjeuner se brise, quand l'oiseau se cogne à la fenêtre et tombe par terre, tué sur le coup.

Et les hommes. Leurs visages – car il a oublié leurs noms depuis longtemps – le hantent et l'abreuvent de beauté. Leur manière de lui attraper la main en sortant du cinéma, dans le froid du soir, quand lui se sentait toujours un clandestin. Le sexe avait beau être facile, parfois réjouissant, était-ce pour autant *bien* ? Est-ce que ça lui *semblait* même bien ? Si les choses avaient tourné différemment, ce soir-là, ce soir où le courage lui avait manqué, serait-il entouré de ses petits-enfants pour Noël, dans leurs pulls neufs ? Ils seraient adultes, aujourd'hui. Rooney sent une larme, une seule, glisser, mais il l'essuie d'un geste vif et serre Judge contre lui. Un soir. Toute une vie.

Et pourtant, le fin duvet aux poignets, la barbe naissante au réveil, l'autre côté du lit enfin occupé, les draps trop vite refroidis lorsqu'ils partaient, des excuses au bord des lèvres mais jamais prononcées. À bientôt. Je t'appelle. J'ai ton numéro ?

La drague en ligne avait tué son cœur et ses désirs,

lentement mais sûrement. Ce n'était pas leur faute. Ils cherchaient tous la même chose, non pas l'amour mais une façon d'oublier la solitude, fût-ce pour une nuit.

L'amour à l'hôtel. Sur un canapé. Non, pas l'amour. Le sexe, rien de plus, même si Rooney avait tellement envie d'y croire, chaque fois, lorsqu'il traversait New York en taxi à minuit, dans son manteau en cachemire, vers un appartement de Hell's Kitchen. Par la porte ouverte s'échappait déjà l'odeur de l'herbe et des poppers. Et ces hommes pathétiques, misérables, si beaux et ravagés, si égarés.

Il avait abandonné tout ça, et il n'était plus rien resté. Rien. Dans la rue, les hommes aux yeux brillants étaient devenus de plus en plus beaux, perdus pour lui, et le soir de son indécision était loin, très loin derrière lui.

Impossible de revenir en arrière. De dire : « Je ne le pensais pas. Il n'y a que toi, ma chérie, il n'y a toujours eu que toi à la fin du rêve, à la fin de la parade des visages dans le noir, chaque matin, avec la lune par la fenêtre qui illumine la rivière noire. Non, non. C'est toi, chérie. »

TrompetantrompeurTrump.

Au milieu de ce chaos, de ce remake sordide et grotesque du *Parrain*, quelle importance pouvait avoir sa propre ruine ?

Mais ces beaux garçons et ces belles filles qui se balançaient au rythme de leurs cœurs unis, eux comptaient. Et ces visages noirs chantant la gloire comptaient également. Et tous les amis perdus. Disparus. Morts. Abandonnés. Invisibles et silencieux, sauf pour la mémoire. Chacun d'eux importait, même si penser à eux brisait le cœur de Rooney, immanquablement. Le simple fait de penser à eux.

Dans la journée, quelle que soit la saison, il met

toujours le chauffage trop fort, en permanence, parce que être un citoyen de ce pays le glace jusqu'aux os.

La fureur et la perte. L'amour et la souffrance, mais surtout l'amour.

Tout ça compte encore, même aujourd'hui.

TrompetanTrump.

Quand le garçon passe le bras autour de l'épaule de sa copine et que, pour la première fois, elle s'appuie contre lui et qu'il sent sa peau frémir sous son sweat à capuche, DésasTrump ne lui traverse pas l'esprit une seconde. Et quand elle pose ses cheveux minutieusement arrangés sur l'épaule du garçon, rien d'autre n'a d'importance.

Rien d'autre dans le monde de CulbutoTrump.

5

La théorie du Big Bang/4-Juillet

C'était un monstre, naturellement. Pervers, évidemment, cruel dans l'intimité, père indifférent, sauf envers son fils cadet, qu'il accablait d'injures d'ivrogne à la table du dîner. Il était la risée de l'établissement dans lequel il enseignait parce qu'il était trop plein d'ennui et de bourbon pour terminer sa thèse, si bien qu'il n'était jamais monté en grade et en serait réduit à répéter inlassablement le même cours pendant toute sa carrière, à faire partie des meubles au même titre que le concierge. C'était aussi l'homme le plus paresseux que la terre ait porté. Il ne ramassait jamais une chaussette. Il se contentait de lâcher ses vêtements par terre en attendant que sa femme les récupère et les lave.

Il ne jouait jamais à la bagarre avec ses fils, ne tapait jamais dans un ballon de foot ou une balle de base-ball. Il faisait la sieste, tous les après-midi.

Et il pétait. Constamment. Sitôt le dernier invité parti, ça commençait. Non pas les flatulences embarrassées d'un homme cherchant à camoufler une indélicatesse accidentelle. Non. Il s'agissait d'un long solo tonitruant au contrebasson, enfin affranchi des cordes et du reste de l'orchestre. « Papa ! » s'exclamaient ses enfants, exaspérés, conscients que jamais ils ne seraient eux-mêmes autorisés à jeter tant de grossièreté à la face du monde, ni même n'en seraient capables.

« Quoi ? » répliquait-il. Puis, après quelques secondes d'attente, une nouvelle salve obscène.

Il présentait plusieurs signes distinctifs : ses cheveux étaient devenus blancs comme un nuage d'été avant ses quarante ans, ce qui lui procurait un immense sentiment de fierté. Il se lavait la tête à l'Ajax, la poudre à récurer pour évier, persuadé qu'il était que ça rehausserait la blancheur de sa chevelure. Il avait en outre les testicules les plus longs qu'on ait jamais vus à un homme. Lorsqu'il sortait de la salle de bains, il avait les couilles qui dépassaient du bas de son caleçon, une longue bande de scrotum rose retenant deux testicules rouge vif. C'était une vision à la fois repoussante et majestueuse, qui constituait vraisemblablement une sorte de record du monde.

Mais son père était également doté d'un charme singulier et légendaire. Le charisme des perdants, des égarés, des velléitaires. Il avait une mémoire étonnamment précise de toutes les choses amusantes qui lui étaient arrivées, et une capacité tout aussi sidérante à occulter les mauvaises, pourtant innombrables. D'échec en échec, il était devenu un objet de pitié et de ridicule pour le monde universitaire dans lequel il évoluait, bien qu'il se dît que c'était un très bon professeur, enseignant rigoureusement le même cours – Histoire anglaise 101 – tout au long de sa carrière. Il était capable de réciter toute la lignée des rois et reines d'Angleterre sur commande et sans erreur.

Il était doué pour raconter les histoires, comme celle de son oncle John tombé du train en se rendant à Bowling Green et qui s'était relevé de la voie gravillonnée sans la moindre égratignure, ou celle de son ami Ralph qui avait emmené une dinde dîner au restaurant pour Thanksgiving, ou encore celle de cet autre ami qui habillait son braque de Weimar en veste de tweed et se baladait avec le chien assis sur le siège passager de sa décapotable, le maître et l'animal fumant tous deux la pipe.

Hilarant, à chaque coup.

Puis les invités partaient, et les braillements et les pets commençaient. À chaque cocktail – il devait en prendre sept avant le dîner, du bourbon bas de gamme –, il devenait de moins en moins charmant. Après le dîner, une fois les enfants au lit, lui et la mère de Rooney se disputaient. Le frère de Rooney, Beebo, se plantait en haut de l'escalier pour les supplier d'arrêter. Leur mère apparaissait alors, titubant légèrement, tout sourire, pour lui répondre invariablement : « On a juste une discussion animée, chéri. Retourne te coucher, maintenant. »

Puis elle disparaissait à nouveau dans le salon, fermait la porte, et les hurlements acerbes reprenaient de plus belle, jusqu'à ce que lui soit trop saoul pour répondre de manière intelligible à ses attaques à elle, qui gagnaient en lucidité au fil des trois ou quatre cocktails supplémentaires ingérés pendant et après le dîner.

Le père de Rooney était Mister Micawber et Dracula en un seul homme. Dracula pour sa famille seule. Mister Micawber pour le reste du monde.

Son père était le seul homme de son cercle d'amis à ne pas déroger au rituel du pantalon de flanelle blanche l'été, assorti de derbys en daim blancs qu'il nettoyait méticuleusement après usage, et c'était là la seule corvée qu'on l'eût jamais vu faire. Lorsqu'il les portait, malgré le cliché évident de l'Américain sortant ses *white bucks* pour Memorial Day, il semblait l'inventeur même du chic estival.

Il tenait une chronique dans un minuscule magazine

mensuel, et se faisait payer vingt-cinq dollars l'article. Il avait un style fluide, agréable à lire et très, très drôle. Il comptait de nombreux admirateurs, dont certains lui écrivaient des courriers d'adoration et le considéraient comme l'un des trésors du Sud.

Une fois par mois, il se retirait dans son bureau et tapait pendant une demi-heure sur sa Remington cliquetante avant de ressurgir, sa chronique à la main. Il ne se relisait ni ne se corrigeait jamais. Le papier lui venait avec une telle facilité qu'il le rédigeait sans hésitation ni réflexion.

Rooney n'avait lu aucun de ces textes du vivant de son père. Après la mort de ce dernier, il en avait retrouvé un petit tas bien rangé et exhaustif. Alors il les avait lus tous sans exception, un à un, et avait été ébloui par l'esprit et le style qui rendaient si bien sa manière de raconter, par exemple, l'histoire de l'oncle John tombé de son train.

Il y avait même eu une mobilisation ardente de ses lecteurs pour faire publier tous ses billets sous forme de livre, mais, comme tout ce qui concernait son père, le projet était mort dans l'œuf.

Lorsqu'il buvait son bourbon, il plissait les lèvres et se penchait vers son verre comme s'il en embrassait le bord.

Rooney devait son prénom à un jockey que son père avait rencontré autrefois dans un bar et n'avait jamais revu, mais pour lequel il avait gardé une affection indéfectible, l'homme ayant incarné pour lui son unique rencontre, quoique furtive, avec la célébrité.

Le père de Rooney, en revanche, portait le nom de son propre père, ce qui lui valait de se faire appeler Chester B., pour qu'on ne les confonde pas. À sa naissance, il allait de soi que le frère de Rooney perpétuerait la tradition, aussi avait-il été également baptisé Chester, troisième du nom, surnommé Chester C.

On appelait généralement le père de Rooney Chet, un surnom de Marine à la mâchoire carrée et à la boule à zéro, alors qu'il était aux antipodes de ce genre de profil.

La mémoire. Que se passe-t-il ? Que s'est-il passé ? La mémoire fait perdre la tête. On s'égare dans ses couloirs, sans autre issue possible que la tombe.

Mais que se passe-t-il ? Ah oui, l'oiseau percute la vitre et se brise la nuque, et un vent froid s'insinue dans la fissure durant tout l'hiver. En saisissant une fourchette, Rooney se remémore cette soirée chez Palio, où il dînait en tête à tête avec Carmela. Un de ses collègues à la Firme était venu à leur table pour lui demander : « Je peux vous interrompre un instant ? » Carmela avait alors levé les yeux vers lui et répondu avec désinvolture : « Vous venez de le faire. »

On lui avait tant répété qu'il avait dîné avec la princesse Diana, en lui décrivant l'événement dans les moindres détails, qu'il avait fini par croire que c'était effectivement arrivé et avait cessé de se demander d'où sortait ce mythe.

Et puis il y avait l'écharde dans le pied et le bras cassé dans un accident d'équitation. Il était si frêle que ses camarades d'école s'étaient moqués de lui, prétendant qu'il était tombé d'un cheval à bascule.

Il n'a oublié aucun affront, même le plus infime.

Son père l'avait sodomisé alors qu'il avait quatre ans, sous le regard de sa mère, mais que pouvait-il faire d'autre qu'enfermer ce souvenir au fond de lui, quand son corps se réveillait au beau milieu de la nuit avec ses mains partout sur lui, encore aujourd'hui. Le père. Le fils. La mère.

Mais que s'est-il passé, exactement ?

Belmont Day, match retour de la Triple Couronne, le joyau des courses de chevaux américaines, champagne et framboises à 10 heures du matin, puis le long trajet en limousine jusqu'à l'hippodrome, la cocaïne partout, les filles en chapeau, racontant combien ils s'étaient tous amusés au Kentucky Derby, à la fête d'Anita et de Preston qui avait duré toute la nuit, alors que Rooney n'avait jamais mis les pieds dans le Kentucky hormis pour son premier séjour en hôpital psychiatrique.

Tout ça, Rooney s'en souvient, ou presque. Le pire, il ne peut l'oublier, mais le meilleur ne fait que s'immiscer dans sa conscience en ondulant comme une carpe koï dans un bassin, simplement parce qu'il prend une fourchette dans sa main ou boutonne ce manteau Chesterfield que Nancy lui a fait acheter chez Bergdorf Goodman il y a quarante ans, un Turnbull & Asser à col de velours, d'une nuance qui n'existe que pour ce modèle, et dont la doublure part aujourd'hui en lambeaux.

Mais que s'est-il passé ? Où sont allés les souvenirs ? Est-ce le plaid dont il se couvre les pieds par les froides soirées, lorsque le feu s'est éteint, ou bien le nœud coulant autour de son cou, le rasoir à son poignet ?

Le père.

Le fils. La mère.

Qui sont les amis, à présent disparus sans laisser d'adresse, impossibles à retrouver, ces gens qu'il aimait plus que tout au monde et dont il cherche les photos sur Internet ? Les voilà, mais sans lui.

TrompetantrompeurTrump. Les nuages se font menaçants. Sa mémoire est l'ultime feu de camp auquel il puisse venir se réchauffer, la tenue de camouflage qu'il porte pour affronter le monde, des vêtements datant de quarante ans, la qualité, ça dure. Mais même lui, quels dégâts pourrait-il faire qui n'aient déjà été faits ?

Le père. Le fils. La mère.

C'est la mère qui était morte en premier, les reins putréfiés par l'alcool. Elle avait perdu la tête en dix jours à peine et, à la toute fin, marmonnait inlassablement qu'il fallait qu'elle file à la répétition de cette pièce qu'elle jouait avec des stars de cinéma dans le West End londonien.

Puis le père, lui aussi pourri de l'intérieur par le même mauvais bourbon, vivant au milieu d'un amas d'emballages de fast-food éparpillés dans la cuisine pour que le chien les finisse, avec des rats en train de copuler sur les tapis persans. Le père ravagé, le visage constellé de veinules rouges.

Mais le père et le fils. Faut-il que ce soit le pivot autour duquel tourne sa vie, pour toujours, la pointe chauffée à blanc qui l'empale indéfiniment, jusqu'à sa mort ?

Oui. Oui. Oui.

La seule question qu'il faille jamais poser à quelqu'un est : Que t'est-il arrivé, à *toi* ?

Le père de Rooney adorait Noël, bien qu'il ne participât jamais à aucun préparatif, hormis acheter le sapin le plus minable de la boutique, avant de s'asseoir et de regarder sa famille le décorer, pour conclure par un « C'est le plus bel arbre qu'on ait fait ». Il restait debout tard, à siroter son bourbon en plissant les lèvres, à fixer les lumières, les décorations, le drap blanc enroulé autour du pied telle une jupe.

La tante de Rooney avait dit un jour : « Ton père est le seul ivrogne que j'aie connu qui n'ait jamais tenté de gâcher Noël. »

Le 24 décembre, les enfants écrivaient leur lettre au père Noël, puis la plantaient sur le tisonnier et la regardaient partir en flammes, et alors les flammèches remontaient en voletant dans la cheminée, droit au cœur du père Noël, même si rien sur leur liste ne se retrouvait jamais au pied du sapin. Les trois enfants, alignés par ordre d'âge en haut des marches dans le froid glacé de décembre, tandis que Chet allumait le feu, puis, à son signal, la cavalcade dans l'escalier, les grandes chaussettes en laine qu'on décrochait et qu'on vidait, l'orange au fond, puis le papier cadeau partout. Et leur mère qui notait chaque présent, pour la grande déception de l'après-midi, quand les enfants devaient rester en bas pour écrire les lettres de remerciement pendant que les parents faisaient la sieste en ronflant paisiblement à l'étage, durant des heures.

Savaient-ils, ces petits en pyjama de flanelle, que le temps passait ? Qu'un jour le père Noël les abandonnerait pour des enfants plus jeunes et que leurs désirs, déjà réduits en cendres, ne s'envoleraient plus jamais par la cheminée ?

Savaient-ils que, même s'ils recevraient des cadeaux – pour certains merveilleux, pour la plupart beaucoup moins –, ils n'obtiendraient jamais ce qu'ils avaient inscrit sur leur liste, le cœur battant ? Était-ce tragique, ou comique ?

Les souvenirs flottent dans son esprit comme des poissons dans un bocal, cherchant désespérément à sortir, se libérer.

Chet avait un don pour inventer des fêtes à thème, lesquelles ne lui coûtaient pas un centime et tournaient toujours autour de l'alcool.

Chaque été, il emmenait toute la famille à la plage, sur la « Grève dorée », comme l'appelait sa femme. Tous les ans, il louait le bungalow le moins cher, entassant cinq personnes dans une minuscule baraque à bardeaux de trois pièces. La sœur de Rooney dormait sur le canapé. D'autres membres de la famille et des amis suivaient, jusqu'à ce qu'ils se retrouvent à une petite vingtaine, toujours la première quinzaine d'août.

Chet avait inventé une fête baptisée Baumeister Day, le 5 août, le lendemain de l'anniversaire de Rooney, ce qui détournait systématiquement l'attention générale de son fils, qu'il haïssait tout à fait ouvertement.

Le fameux Baumeister était l'inventeur du tire-bouchon pour gauchers – Chet étant lui-même gaucher – et s'était tué en tombant par une fenêtre ouverte et en s'empalant sur sa propre invention.

Les invités se confectionnaient des costumes fantastiques, créés à partir de ce qu'on pouvait ramasser sur la plage – bois flotté, vieilles carapaces de crabes, algues variées –, et devaient se retrouver à 17 heures précises, heure à laquelle on commençait à boire, occupation qui durait jusque très tard, ponctuée de promenades titubantes sur la plage, dans des scènes dignes de Fellini. On se rassasiait de hors-d'œuvre raffinés et de chair de crabe à profusion, en riant à gorge déployée et en trinquant bruyamment à la santé de feu Baumeister. Couchés dans leurs lits, les enfants écoutaient les cris et les chansons. Leur avait-on donné quoi que ce soit à dîner ? Sa mémoire lui fait défaut.

C'était un événement joyeux. Tout le monde apportait quelque chose à manger et son propre alcool, si bien que Chet tirait toute la gloire de cette fête géante sans avoir absolument rien fait, hormis en avoir eu l'idée.

« J'apporte les citrons », décrétait-il immanquablement.

Les souvenirs. Doit-on tous les traîner avec soi ainsi, éternellement ? Rooney est enchaîné à son père, tel un prisonnier à l'isolement. DévastaTrump. Le Père suprême. La nation est en train de se suicider, et tout ce qui lui revient en mémoire, ce sont les citrons, et son père.

Les Américains ont toujours cru que le Président était le Bon Père qui veillait sur eux. Et voilà que Rooney est réveillé en sursaut par la douleur qui lui transperce les jambes, par les picotements dans ses pieds, tellement atroces qu'il ne peut poser un orteil au sol sans grimacer. Et dans cette douleur, sa première pensée se porte vers le fou orange dans la maison de la nation, le Mauvais Père en train de tuer le pays, un mafieux qui a pour seul plaisir la destruction, dont les caprices et les colères font mettre des milliers d'enfants en cage, tout comme le père de Rooney a emprisonné son propre fils toute sa vie. TruanTrump n'a pas seulement volé l'élection, et la nation avec, il leur a volé leurs cerveaux. Il n'est pas le Bon Père, pourtant il demeure la première pensée de Rooney, précédant et contaminant tout le reste, suivi de près par sa femme diabolique qui ne se refuse rien, et ces colères insensées qui détruisent la vie des petites gens, tout comme le père de Rooney a détruit celle de son enfant, qui depuis est enchaîné à son cadavre par des fers qui lui entaillent la chair.

C'est idiot de sa part, il le sait, de capituler, d'autoriser ça. Autrefois, les diversions se succédaient inlassablement (est-il allé au Kentucky Derby ?). Il y avait le travail, et cette facilité déconcertante avec laquelle Rooney chevauchait le monde, tel Ozymandias. Il y avait les fêtes, le théâtre, le shopping, les rendez-vous chez le tailleur, la salle de sport avec coach personnel à l'aube pour amener son corps à cette perfection que sa propre tante trouvait vulgaire.

Il faisait tout mal. Sa grand-mère était consternée de le savoir « dans les affaires », comme elle disait ; sa tante, horrifiée par ses abdominaux en tablette de chocolat ; sa mère, furieuse qu'il porte des pulls en cachemire. Mais peu lui importait. Il fut un temps où tout allait bien. Il était capable de résister, de se distraire, de tomber amoureux, du moins lui semblait-il, quand aujourd'hui il ne reste plus rien que la perte, le chagrin et la douleur, et sur lui les regards en biais des morts tandis qu'il s'étourdissait et que les hormones bondissaient dans ses muscles, son cœur, ses organes sexuels. Peut-être est-il vraiment allé au Derby. Peut-être a-t-il réellement dîné avec la princesse Diana. C'est possible.

Mais tout ce que touche Trump meurt, la mémoire et le corps de Rooney au même titre que le reste, et il ne s'agit que de sa vie à lui, la vie d'un seul. Chaque jour, des Américains se suicident, à chaque heure, aux antalgiques et à l'alcool, ou dans des voitures qui roulent trop vite. Ils fabriquent de la meth dans leurs bouges de péquenauds. Il n'y aura pas d'autre vie que celle-ci, avec le Gros Lard orange, un type qui ne sait même pas boutonner sa veste ou nouer une cravate, avec son gros bide, ses tricheries au golf, ses mensonges sans fin, qu'il répète *ad nauseam*, un type qui ignore tout de l'histoire, du protocole ou même de la décence la plus élémentaire.

« Ils me fuient, eux qui jadis cherchaient ma compagnie », avait dit Jesse au café, citant Sir Thomas Wyatt, et à présent ils ont tous disparu, ces amis, ces amours de jeunesse. Les gens répondent aux appels de Rooney d'une voix lasse – lorsqu'ils répondent. En voyant apparaître son nom sur l'écran de leur téléphone, ils laissent sonner et passer sur messagerie.

C'est difficile à croire, le souvenir s'estompe de jour en jour, pourtant il fut un temps où ToxiTrump ne pulsait pas dans ses veines ni dans les synapses de son cerveau. Il y a eu pour cette nation un Bon Père, ils en avaient pleuré le soir de l'élection, dans le magnifique appartement de Clifford, et ils avaient chanté l'hymne national, la main sur le cœur, en zappant de chaîne en chaîne pour se faire confirmer la victoire. Un jeune homme noir, intelligent, avec une femme forte et splendide qui osait montrer ses bras nus en public. Et ce pays les avait haïs et avait voulu leur mort, à lui et à cette femme forte et noire, le pire cauchemar de la nation, et c'est à cette période que la douleur était apparue dans les jambes de Rooney, d'abord agaçante, puis invalidante, le réduisant à serrer si fort sa canne qu'il en avait mal à la main.

Ses jambes s'étaient mises à le faire souffrir parce qu'elles avaient finalement cédé sous le poids de son père. Il avait été examiné par un nombre incalculable de médecins, on lui avait fait subir tous les examens imaginables, et ils avaient tous fini par renoncer avec un haussement d'épaules.

Où sont passés les pères qu'on voyait à la télévision, les nigauds maladroits au grand cœur, en cardigan de laine ? Ils n'ont jamais existé. La famille américaine parfaite qui leur rendait visite chaque soir dans leur poste n'a jamais existé.

Rooney n'a pas souvenir d'avoir reçu de son père la moindre parole d'éloge ou d'affection. Ni de son père, tellement adulé par ses amis, ni de sa mère, si chic et bourrée d'esprit, jusqu'à ce que l'alcool fasse d'elle un spectre divagant au regard flou, dont les yeux bleu vif avaient pris l'eau. Quant à son père, il était devenu un ivrogne reclus et incapable de prendre soin de lui, au point que la sœur de Rooney venait lui couper les ongles de pied. Elle était la seule à l'aimer et, ce faisant, à en avoir réchappé.

Aujourd'hui, toutes les pharmacies affichent des publicités pour la naloxone, un antagoniste de la morphine, ce qui en fait le premier antidote en cas d'overdose aux opiacés. Mais qui sauvera la nation de son overdose au Bébé Roi dans la Maison Blanche, cette maison qui appartient au peuple, qui est aux citoyens et pas à cet homme ? Qui sauvera Rooney de son père, dont le souvenir, le contact et les mains ignobles lui étranglent le cœur pour arrêter le sang, lui compriment le cerveau pour couper l'oxygène, jusqu'à ce qu'il ne soit plus qu'un ahuri bavant et comateux ?

Rooney gît dans son fauteuil, infecté par une maladie que nul ne sait nommer ou soigner, et par un bouffon qui étouffe la nation tel un champignon géant, qui tue à lui tout seul ce qu'on appelait autrefois la Grande Expérience, le grand élan fondateur de la démocratie américaine.

Il somnole. Se réveille, cherche désespérément un instant de gloire, de grâce, quelque part. N'importe quoi qui le garde en vie.

La rivière, voilà la gloire. Éblouissante, dans la lumière qui joue sur les vagues ondulantes et transforme sa chambre sombre en grotte sous-marine où, tel un poisson, il peut enfin respirer.

L'oiseau qui s'écrase contre la fenêtre, glorieux lui aussi, dans sa précipitation, dans sa mort spectaculaire et instantanée, marquée par la fêlure miroitante dans le verre. La nuit venue, un prédateur le mangera, n'en laissant rien d'autre que la cicatrice sanglante sur la vitre.

Rooney se souvient de tout. Il est hanté par tous les affronts, infligés et subis, et mutilé par chaque échec de la volonté. C'est aujourd'hui toute sa vie.

Il sent soudain les larmes rouler sur ses joues, une

poussée d'apitoiement sur lui-même, grotesque à son âge, et un regret sans fond, un regret infini de la beauté.

Elle lui avait offert une petite broche, un aigle en or rose avec un œil en diamant, qu'il avait gardé pendant quarante ans. Le bijou avait passé vingt-cinq ans dans un tiroir, jusqu'au jour où il l'avait retrouvé et où tous les souvenirs étaient remontés, la tenue de Kathleen ce jour-là, la minuscule boutique à Philadelphie où elle avait dégotté le cadeau, son geste lorsqu'elle le lui avait accroché au revers de sa veste, la joie avec laquelle il l'arborait, l'amertume avec laquelle il l'avait caché dans ce tiroir après… eh bien, après *tout ça.*

Rooney avait ressenti le désir soudain de porter à nouveau la broche, de la porter jusqu'à la fin de ses jours, aussi l'avait-il fait nettoyer chez un bijoutier. Lorsqu'il était venu récupérer son bien, le bijoutier le lui avait raccroché au revers mais, en arrivant chez lui, au bord de la rivière, au Cabanon, Rooney avait constaté que l'aigle avait disparu, perdu pour toujours. Il avait cherché partout, s'était précipité à la bijouterie pour inspecter le sol de la boutique et le trottoir devant. En vain.

C'était terminé. Bien longtemps avant qu'il s'en rende compte. Et la Fin était proche.

Les morts lui manquent, les Anciens.

Les vivants lui manquent, tous ces noms qui remplissent son carnet d'adresses. Tant de noms.

Sa vie sexuelle lui manque.

Il n'arrive plus à se remémorer un temps sans douleur. Dix ans, aujourd'hui. La neuropathie. La fibromyalgie. Cette impression que quelqu'un vous asperge d'essence avant de lâcher une allumette embrasée. Des mots dans le dictionnaire. Et les gens se sont lassés de sa souffrance, ils n'en parlent plus. Le tapotement de la canne sur le sol, cette peur de se faire bousculer dans la rue, d'où le repli au Cabanon, loin de tous, d'où la solitude de cette existence dont il n'a plus le droit de discuter au téléphone, même s'il ne sonne plus de toute manière. Un appel à Noël, un autre pour son anniversaire, plus rien entre les deux, comment osent-ils exiger de lui une réponse joyeuse, quand il suffit qu'il leur fasse trois réponses tristes pour être rayé de la carte ?

Sa mère lui manque, à l'époque où elle était distinguée et spirituelle, dans ses tenues élégantes et son parfum de chez Norell, assise dans sa bergère bleue près du feu.

Son père lui manque, et le 4-Juillet.

TrompetantrompeurTrump. Désormais, chaque souvenir est empoisonné. DévastaTrump n'a pas seulement ravagé ce pays, il a ravagé les citoyens, il a infecté chaque instant de leur vie, chaque pensée, chaque espoir, chaque désir, il leur a inoculé un virus incurable. Il y a des choses qu'on ne peut jamais effacer. Des paroles qu'on ne peut pas retirer.

Il fut un temps, révolu à présent, où Rooney brandissait le drapeau avec fierté, pieds nus et du haut de ses douze ans, un temps où l'on acclamait son audace et sa témérité.

Dans son esprit, en quête d'une belle chose encore intacte, il passe ses souvenirs au crible telle une caméra fouinant dans le noir, cherchant la lumière, quand soudain il l'aperçoit, indemne, entière, imbibée de bourbon, mais bel et bien une glorieuse épiphanie.

Dans le maigre arsenal de son père, il y avait une autre célébration, encore plus élaborée que la première. Le 4 juillet, pour la fête de l'Indépendance, il invitait une vingtaine de familles à participer à ce qu'il appelait le Raout de la société pyrotechnique de l'Indépendance. C'était un gigantesque pique-nique, avec de grandes nappes étalées sur la vaste pelouse en pente derrière la maison, juste en dessous de la roseraie circulaire que la mère de Rooney avait plantée et entretenue avec un soin et un talent incomparables, avant de l'abandonner du jour au lendemain aux ronces et au flétrissement. Les épouses présentes à la fête, toutes des jardinières accomplies, en détournaient les yeux comme d'un charnier. Chacune avait apporté des mets exquis et élaborés pour sa famille, du poulet frit, des œufs à la diable, du gâteau au caramel, des plats du Sud dans des paniers en osier doublés de vichy, cadeaux de mariage pourvus de petites lanières pour retenir la porcelaine, l'argenterie et les verres à vin. Des enfants de tous âges se relayaient à la balançoire accrochée à l'énorme saule, tandis que les parents, entre deux allers et retours au bar, déambulaient de nappe en nappe, en visite, pour se lamenter de la chaleur ou s'émerveiller de la brise fraîche et soudaine qui montait de la rivière quand le soleil se couchait derrière la montagne bleue. La plupart des enfants se baignaient, toujours à l'affût des serpents, et remontaient la pelouse en courant vers les bras de leur mère et la serviette réconfortante.

Lorsque le ciel virait de l'or au rose, puis au mauve, les convives se rassemblaient en contrebas pour le feu d'artifice. Les premières années, le spectacle consistait à tirer de petites fusées de fortune, des gerbes et des cierges magiques, éventuellement un soleil.

Mais il avait pris de l'ampleur, et Chet avait bientôt envoyé un étudiant en Pennsylvanie, où il était plus facile de se procurer des feux d'artifice à la Keystone Fireworks Corp., et le jeune homme en était revenu avec un dispositif à grande échelle, « approprié pour une petite brigade de pompiers ou un groupe d'instruction civique », comme il était écrit sur la boîte géante.

Les fusées elles-mêmes ressemblaient à de petits sacs dotés de longues mèches. Elles étaient tirées par un tube d'une douzaine de centimètres enfoui dans le sol, au beau milieu d'une pelouse entourée de frênes centenaires – tous les ingrédients du désastre parfait.

Pourtant, d'année en année, tout se déroulait à la perfection, un festival de chrysanthèmes éclatants, de saules pleureurs papillotants et d'incroyables marrons d'air, comme on appelait les bombes les plus bruyantes. Un véritable Big Bang. Le genre de feu d'artifice que Rooney avait pu contempler un 14 juillet depuis la terrasse de l'hôtel Belles-Rives, à Juan-les-Pins, tandis que les serveurs confectionnaient des bolées de bouillabaisse, servant le bouillon à la louche dans d'énormes saladiers blancs avant de le recouvrir de montagnes de fruits de mer prélevés un à un dans un gigantesque plateau porté par un garçonnet.

Le Raout de la société pyrotechnique était une perfection. Illégale, naturellement, mais une perfection tout de même. Jusqu'à ce jour fatal où Rooney et son frère, qui étaient en général chargés de mettre les sacs dans le tube, puis d'allumer les longues mèches avec une cigarette avant de s'enfuir à toutes jambes, avaient cédé aux suppliques d'un ami qui insistait pour les aider. Tandis que toute l'assemblée, assise sur la pelouse, attendait impatiemment de voir jaillir la première comète, le petit nouveau avait allumé la première mèche puis, dans un accès de panique, avait jeté sa cigarette dans la boîte contenant la réserve entière. Tout avait détoné en cascade, dans une succession d'éruptions stroboscopiques illuminant la nuit et profilant les silhouettes des convives qui détalaient, chaque explosion de bruit et de lumière figeant une vision de terreur, telle une image arrêtée de film muet.

Le père de Rooney, le Grand Maître, le Magicien, était resté assis à cinq ou six mètres du brasier, immobile, ses jambes maigres émergeant de son bermuda, si près de la mort et pourtant imperturbable, frappé d'incrédulité.

Tout s'était joué en trois minutes, puis l'obscurité totale était retombée sur les nuées de fumée. Dans le silence absolu, un invité s'était alors exclamé : « Belle entrée en matière, Chet ! Et la suite ? » Puis, dans l'agitation générale, les parents s'étaient précipités pour inspecter leurs enfants terrifiés, guettant brûlures et éraflures. Suzy Neikerk avait perdu sa perruque dans un buis. Tommy Makinson avait appelé le lendemain pour rapporter qu'elle s'était fait mordre par un serpent. Pax Davis s'était retrouvé avec une large brûlure pile au centre de son crâne chauve. Mais pas d'enfant estropié. Pas d'ambulances. Et le père de Rooney, immobile comme un roc pendant tout ce grabuge, à contempler son moment de gloire transfiguré en bataille de Verdun pendant trois minutes.

Ça n'avait rien changé. Le 4 juillet, et pendant de très nombreuses années encore, la fête avait eu lieu comme d'habitude, sans accroc. Et chaque année, on hissait le drapeau, la bannière étoilée.

Une fois le gros des invités arrivé, Rooney déroulait le drapeau et, pieds nus, entreprenait d'escalader la haute cheminée en pierre qui servait jadis de four pour la cabane faisant office de cuisine dans la grande maison.

Pour un garçon de douze ans, c'était une ascension périlleuse et effrayante, et ses pieds cherchaient à tâtons les prises entre les pierres, car le mortier avait disparu depuis longtemps, si bien qu'on aurait dit que le tout tenait par la seule force de l'habitude.

Il grimpait aussi haut qu'il le pouvait, une main après l'autre, pour planter le drapeau entre deux briques qui s'effritaient. Une fois cette tâche achevée, la brise s'engouffrait dans le tissu, faisant pencher dangereusement le pavillon, qui menaçait de tomber de son perchoir précaire. Puis Rooney redescendait sous les hourras, et atterrissait sur le sol dans un bond leste.

Et à cet instant, il se sentait un vrai garçon, un vrai petit Américain. Les cheveux ébouriffés, la peau hâlée par un début d'été passé à tondre des pelouses et à nager dans la rivière, dans l'eau dévalant prestement la pente rocailleuse, criblée de cratères anciens et profonds formant chacun une piscine miniature. C'est là que, par une incroyable journée d'été, Rooney avait regardé Ned Foster se masturber ; c'était la première fois qu'il assistait à une éjaculation, et il en avait rêvé toute l'année qui avait suivi, jusqu'à ce qu'un matin, dans son lit, le miracle se produise enfin pour lui, lâchant la bête qui allait gouverner sa vie et celle de tous les hommes qu'il avait rencontrés. À cet instant seulement, en contemplant le drapeau claquant noblement au vent, et comme jamais plus à l'âge adulte, il s'était senti un vrai petit Américain.

Et voilà que même cet instant est anéanti, comme tous les souvenirs de sa mémoire intime, par Bébé Roi dans la Maison du Peuple. DespoTrump crache sur le drapeau, sur l'enfance de l'Amérique, sur ces garçons qui ont grandi avec Kennedy, espérant de tout leur cœur qu'un jour eux aussi pourraient devenir président. Ces braves garçons morts en Afghanistan et en Irak. DespoTrump crache à la face de leurs parents en deuil, de toutes les familles de soldats morts au combat. La grosse mangue orange tue tout ce qu'elle touche, jusqu'à cet instant où un petit gars, minuscule pour son âge, vient planter un drapeau dans une cheminée datant du XVIIIe siècle, ivre d'une fierté qu'il ne connaîtra plus jamais.

Intermezzo

Sa mémoire vacille, décline, regagne de la force. C'était il y a si longtemps, et pourtant ça l'habite à chaque seconde.

Le cours d'eau dégringolait des collines, des montagnes. Ils allaient nager, dans la ruée du courant, sans s'enfoncer au-dessus de la taille. Un long sentier y descendait depuis la maison, tapissé d'herbes acérées comme des aiguilles sous leurs pieds.

Il y avait un endroit, une petite encoche dans la paroi rocheuse, qui retenait l'eau et formait une piscine où ils pouvaient s'asseoir et sentir l'onde filer par-dessus leurs épaules, rester là une heure entière, avec quelque camarade également de sortie ce jour-là, sur la roche visqueuse d'algues vertes, dans le halo de chaleur montant des rochers plats qui bordaient la rivière. Derrière eux se dressait un arbre vigoureux autour duquel la carcasse entière d'une vieille voiture rouillée était enroulée depuis la grande inondation de 1952, grouillante de couleuvres rugueuses – une fois, Rooney en sortant de l'eau avait posé la main sur un serpent vert et ondulant. C'était la campagne dans laquelle il avait grandi, sauvage, à peine contenue, au milieu de laquelle sa grand-mère se repentait amèrement d'avoir planté la première pervenche, dont elle avait ensuite passé sa vie à tenter de juguler l'invasion.

Sa grand-mère, Miss Nell, la plus adorable de toute cette famille. Elle était veuve depuis trente ans et se levait tôt chaque matin, enfilait sa robe de chambre et descendait l'escalier raide pour aller se préparer un petit déjeuner complet : du bacon, des œufs, du pain grillé, du café bien fort, du son de blé recouvert de crème de la ferme si dense qu'on pouvait faire tenir une cuillère debout dedans. Elle déposait le tout sur son plateau à pied avant de remonter prendre son petit déjeuner au lit, insoucieuse du tic-tac de la pendule trônant sur le manteau de la cheminée, à côté d'une photo de sa fille Sally Page, morte à six ans d'une angine bactérienne, moins d'un an avant l'invention de la pénicilline. Miss Nell et Bob avaient passé des nuits à son chevet, à la regarder lutter pour respirer sans que jamais la fièvre baisse, jusqu'à ce que sa gorge finisse par se fermer complètement et qu'elle meure d'asphyxie.

Le chagrin et les eaux éternelles qui faisaient la joie de ses petits-enfants. L'amour, la douleur et le tic-tac de la pendule.

Après le petit déjeuner, Miss Nell se levait et s'habillait dans sa salle de bains qui sentait toujours la merde de vieux, cette odeur atroce et douce à la fois, puis elle prenait un tabouret et une hachette et sortait dans son jardin tailler les arbrisseaux et couper les mauvaises herbes jusqu'à l'heure de son déjeuner, composé de fines tranches de concombre sur du pain qu'elle faisait elle-même, tartinées de mayonnaise également maison. Puis elle retournait au jardin reprendre son indéfectible combat contre cette vitalité de la végétation qui la devançait toujours, l'empêchant de terminer le travail.

Dans les premiers temps, à l'époque où son mari et

elle débroussaillaient autour de la vieille maison, Bob lui avait dit un jour : « Nell, ne les laisse pas couper tous les arbres. J'aime avoir une belle vue. »

Et elle avait répondu, en dégustant son consommé : « Bob, de qui tu parles ? »

L'un des premiers souvenirs de Rooney, hormis la chose, l'ignominie, était d'avoir vu Bob, mort dans son pyjama à rayures, remonter l'allée sur une civière jusqu'à l'ambulance. Et ensuite, le déroulement infini du veuvage de sa grand-mère, la hachette et le tabouret.

Dans le tiroir où il conservait ses objets précieux, Rooney avait rangé les lunettes en écaille de son grand-père et les avait gardées là jusqu'à ce qu'elles tombent littéralement en poussière.

Mais l'eau fraîche, les serpents verts, tout était si charmant, autrefois. Non, c'est toujours charmant.

Et le repas de Noël que Miss Nell préparait pour toute la famille, l'oncle, la tante et les cousins, les filles dans les robes à smocks qu'elle leur avait cousues de ses propres mains, les adultes à table, servant à la louche la soupe aux huîtres, puis le jambon et la salade d'avocats, le *spoonbread*, ce pain de maïs moelleux et soufflé typique de Virginie, et enfin les biscuits. Installés sur une table de jeu, les enfants dévoraient rituellement des côtes de porc, pour une raison connue de Miss Nell seule. Son rêve de toujours était de posséder un *chafing dish* en argent, le genre avec couvercle basculant à poignée d'ivoire, afin d'y exhiber les huîtres qu'elle avait élevées dans un tonneau de saumure à la cave et engraissées à la farine de maïs de Thanksgiving à Noël, jusqu'à ce qu'elles soient indécemment grosses, flottant dans la soupe crémeuse. Les bougies rouges torsadées et pailletées scintillaient, la cheminée fumait toujours, le dessert était invariablement un fichu pudding et tout le monde était aux anges.

Rooney se souvient soudain que c'est dans cette même pièce que, l'été de ses cinq ans, il avait mis le feu aux rideaux de dentelle vaporeux avant de ramper sous la table pour regarder les flammes remonter le long des murs et le tissu si léger et évanescent flotter sensuellement dans la chaude brise estivale. C'était si beau, ces flammes dans la salle à manger plongée dans la pénombre, vues de son repaire sûr et obscur, sous la table.

L'avait-on puni ? Il a oublié. Il avait dû y avoir beaucoup de peur et de précipitation lorsque la fumée avait empli la pièce. On l'avait sans doute tiré par le bras de sous la table pour le traîner hors de la pièce pendant qu'on arrachait les rideaux de leur tringle métallique pour les piétiner, mais il ne se souvient de rien de tout ça.

Il l'avait refait, plus tard ce même été, chez son autre grand-mère, dans une vaste pièce haute de plafond, grâce à une boîte d'allumettes volée à Martha, la cuisinière. De nouveau, les flammes avaient léché les murs jusqu'aux poutres, tandis qu'il contemplait le spectacle depuis un canapé à l'autre bout de la pièce. Il se serait cru au cinéma.

La première fois, seul dans la pièce sombre chez Miss Nell, il avait attendu sous la table à abattants qu'on vienne le punir. C'est toujours ainsi, pour les enfants abusés. Mais si ça, la mort du sublime, de la splendeur du monde, si *ça* ne suffisait pas, qu'est-ce qu'il faudrait pour les réveiller ?

Qu'est-ce qui viendrait combler son désir du fouet, de la sangle, de la botte, de la douleur ? Il avait constamment le sentiment d'être sur le point de se faire arrêter pour un crime qu'il avait bel et bien commis, mais dont il n'avait aucun souvenir. Et là, dans le Cabanon plongé dans un éternel crépuscule, il aurait aussi bien pu être incarcéré, un bracelet électronique à la cheville.

L'assignation à résidence, pour combien de temps encore ? Combien d'années, putain ? Une seule journée de plus lui paraît intolérable, alors un an ? dix ans ? Si c'est là sa punition, elle n'a aucun sens.

Il a eu une vie merveilleuse, il ne peut pas dire le contraire. Des événements splendides et remarquables se sont produits, du genre qui n'arrive pas aux autres. Il avait dîné avec Elizabeth Taylor, ils s'étaient saoulés toute la nuit et elle s'était mise à jurer comme un marin en tapant sur la table de sa main ornée du fameux diamant Krupp, celui que lui avait offert Richard Burton, un bijou de trente-trois carats aujourd'hui estimé à plus de neuf millions de dollars. Elle l'avait retiré et glissé au doigt de Rooney. Il était lourd. Le genre de choses qui n'arrivaient pas aux autres.

Il s'était assis au sommet de la haute falaise devant un monastère abandonné, à Rhodes, et il avait connu la plénitude absolue.

Il avait dîné – ou pas – avec la princesse Diana.

Mais alors qu'il se tient au bout du dock, à l'aube, à regarder le soleil rose et or se lever au loin sur la rive opposée, toutes ces images s'estompent et se noient dans un passé où il ne peut retourner. Elizabeth Taylor est morte, le diamant a été vendu pour bâtir un hôpital au Botswana, tout ça n'est plus qu'un bagage inutile, lourd de milliers de souvenirs à jamais perdus.

Plus rien n'importe hormis la douleur, éternelle, qui fuse dans ses jambes et lui brûle la plante des pieds. Ça ne fera qu'empirer, lui dit-on, avec l'âge. Il n'existe ni traitement ni soulagement possibles. Il est terrifié à l'idée de finir ses jours en fauteuil roulant, enfermé entre les tristes murs bleu et blanc du Cabanon, alors que son pays ravissant et adoré est ravagé par la crête orange qui les a tous infectés, qui leur a inoculé un mal incurable, même si l'inévitable finira par se produire et qu'il terminera dans le caniveau, ou descendu sur la Cinquième Avenue en chef mafieux qu'il est, la fange répondant à la fange, la trahison à la trahison.

TrompetantrompeurTrump. La seule pensée de Rooney, son seul souvenir, son seul avenir.

Son unique réconfort est la rivière, les poissons se mouvant, invisibles, dans les eaux sombres et lointaines, les ostréiculteurs qui sortent par grand froid, aux marées les plus rudes, levant le bras en un salut matinal. Rooney les contemple jusqu'à ce que le soleil soit haut dans le ciel, que le miroitement de l'eau lui pique les yeux et que Judge trépigne, impatient de recevoir sa friandise, tirant si fort sur sa laisse qu'il manque d'envoyer valser son maître dans l'onde noire, dans le scintillement premier, dans l'éternité.

Alors, à quoi bon entretenir la mémoire ? Sa vie merveilleuse est derrière lui, et ses souvenirs aussi ridicules que les costumes sur mesure qui encombrent sa penderie tels les fantômes de fêtes auxquelles il ne se rappelle pas avoir assisté.

DespoTrump.

Il disparaîtra, il mourra, il finira pendu par les pieds en place publique, comme Mussolini, sa vile sorcière à ses côtés, ses enfants criminels alignés par ordre d'âge.

Mais la rivière ne cessera d'étinceler et de couler, captivante, pour l'éternité. Elle est le seul espoir de Rooney, son seul dieu, sa seule compagne, cette rivière qui n'a pas besoin de lui, qui n'a jamais eu besoin de personne, pas même des ostréiculteurs qui à l'aube démêlent les filets de leurs bras épais pour draguer ses eaux.

Lorsqu'un nouveau-né ne vit que trois jours, c'est une vie. Si le cœur de Rooney s'arrêtait de battre aujourd'hui, ce serait une vie. Malgré tout ce qu'il a fait, toutes les fêtes, les femmes – ou, en réalité, *la* femme, la seule qui ait compté – et les hommes, beaux et forts, dont il n'a jamais connu le nom, des centaines d'hommes, et tout cet argent qu'il a vu filer, sa vie n'a pas plus de valeur que celle du nouveau-né. Elles sont égales.

Si ce n'est que le bébé ne connaîtra jamais la destruction dans laquelle on peut précipiter sa propre existence. Comme lorsqu'un homme jette l'argent par les fenêtres, sans jamais penser au lendemain, hormis pour gagner plus d'argent à jeter par les fenêtres.

Et ce bébé, dans le coma, ne connaîtra jamais le déclin du corps, la douleur qui infecte la vie de Rooney depuis dix ans, surgie de nulle part, l'ultime vengeance de son père, serait-on tenté de croire, ce traumatisme qui aura attendu soixante ans pour provoquer cette infection dont il a toujours su qu'il la portait en lui.

Mais Rooney se souvient de Holly, dans ce bar fréquenté par des hommes habillés en cuir, sur la 10e Rue à New York, il y a plusieurs décennies. Holly, qui lui avait dit qu'il serait aimé pour l'éternité, et jusqu'au paradis. Elle avait disparu sans laisser de traces, excepté cet amour simple, pur et doux, et tandis que, clopinant, il retourne au Cabanon et à la vacuité de cette journée interminable, il sait qu'il est et a toujours été aimé.

6

Tu retourneras à la poussière

Le téléphone ne sonne presque jamais, au Cabanon. Bien que Rooney le garde en permanence sur lui, il ne lui sert pratiquement à rien. Il peut passer jusqu'à quatre jours sans le recharger. Le temps est vaste, dépourvu de ces jalons magnifiques qui ornaient jadis ses jardins baignés de soleil. Rooney a l'impression de nager dans le goudron.

Et lorsque le téléphone sonne, il répond rarement, parce qu'il s'agit presque toujours d'un numéro inconnu d'Altoona, en Pennsylvanie, ou d'Austin, au Texas, des créanciers tentant désespérément d'encaisser la facture de quelque dépense excessive qu'il a faite avant que l'argent vienne à manquer. Parfois, il répond, simplement pour prouver qu'il est vivant et désireux de s'amender, bien qu'incapable de payer l'objet qu'il a probablement revendu une misère lors du vide-grenier qu'il a organisé en quittant la maison qu'il adorait au bord de la rivière pour emménager au Cabanon.

Chaque matin, il se livre à une heure de shopping imaginaire, dans des boutiques où on le connaissait par son nom et dont il garde les cartes de fidélité sur son bureau, toutes résiliées, dans une boîte en argent qu'il n'a plus la force d'astiquer. Autrefois, il disposait d'un crédit illimité, dont il usait et abusait, accumulant des notes grotesques à force d'être colossales, si bien qu'il s'était retrouvé sans le sou pour s'en acquitter. Au début, il avait eu droit à des lettres fort compréhensives – « Il nous arrive à tous d'oublier... » –, puis aux appels des agences de recouvrement. Les gens s'étaient d'abord montrés aimables et indulgents, puis, au fil du temps, de plus en plus hostiles. Bientôt, Rooney n'avait plus eu affaire aux services clients, mais aux avocats, furieux, menaçants et grossiers.

Peu à peu, toutes les cartes avaient été annulées et il les avait retirées une à une de son ravissant porte-cartes pour les reléguer dans la boîte en argent, qui à l'époque brillait encore de mille feux, une des pièces de cet environnement parfait qu'il avait composé tel un tableau, un objet à la fois ou par dizaines. (Un jour, le livreur Fedex avait apporté dix-sept paquets, de toutes tailles et de toutes formes, contenant aussi bien des vestes en velours que des tables de chevet anciennes en ronce d'érable.)

Au cours des premiers mois, les appels étaient incessants, le téléphone sonnait toutes les dix minutes. Puis ils s'étaient espacés pour devenir pratiquement inexistants. Et de toute manière, Rooney ne répond plus.

Même les amis de New York qui se manifestaient une fois par semaine lorsqu'il a quitté la ville pour s'installer en Virginie ne font plus signe, comme si ces trente années d'amitié n'avaient jamais existé, les dîners ruineux chaque samedi, pendant des décennies, les cadeaux exorbitants qu'il offrait à Noël, les plaids Hermès en cachemire gansés de daim, le collier Alhambra de chez Van Cleef & Arpels que Carmela doit toujours porter, les cartes cadeaux de chez Cartier.

Une année, shooté à la cocaïne, il avait passé la nuit

à écrire des cartes de vœux, soixante-dix pour être exact, à une époque où souhaiter un joyeux Noël n'était pas un comportement politique à risque, contrairement à aujourd'hui. Il avait écrit à des gens qu'il connaissait à peine et dont il avait trouvé les cartes de visite dans son carnet d'adresses.

En retour, il en avait reçu trois.

Pour lui, à Noël, Bergdorf Goodman était le seul arrêt shopping. Il y débarquait à 19 heures le jeudi, soir de nocturne, et, suivi de Mrs Mayer, une rousse qui le repérait à peine la porte franchie et se dirigeait droit sur lui, il parcourait les sept étages, choisissant un objet après l'autre, tout en cochant les noms dans le petit calepin rouge réservé à cette occasion. Il ne quittait les lieux que lorsque tous les noms avaient été barrés, à la fermeture du magasin, à 21 heures.

Une année, il n'était venu que le 18 décembre, et Mrs Smith, une des vendeuses, qui l'abordait toujours avec l'aisance et la joie d'une vieille amie, une fieffée commerciale qui, sans hâte mais avec détermination, l'orientait immanquablement vers l'article juste un peu plus cher que celui qui avait retenu son attention, Mrs Smith s'était exclamée en l'apercevant : « Oh, monsieur, nous pensions que vous ne viendriez pas, cette année ! »

Quelle tristesse, à présent, jusque dans le souvenir de la joie qu'il avait à offrir ces cadeaux. Il ne peut même pas se permettre de s'apitoyer sur son sort. Il a fait son propre malheur, sans penser au lendemain, sans douter une seconde qu'il finirait dans son lit, gisant dans une mare de sang, avant l'âge de cinquante ans. Rétrospectivement, il conçoit clairement que ces présents n'étaient pas tant une démonstration d'amour sincère à ses amis les plus chers qu'un moyen de les acheter, de les supplier de l'aimer une année de plus – une branche de gui en argent massif qu'il leur envoyait pour qu'ils l'embrassent dessous.

Pour les abusés, le sentiment de culpabilité est éternel. Rien ne suffit jamais, rien n'est jamais assez rare, assez cher, assez sincère. C'est le syndrome de l'amputé qui accroche des friandises à sa prothèse de jambe et qui, pendant deux heures, est un dieu à l'étage « décoration intérieure » de Bergdorf Goodman.

TrompetantrompeurTrump. Les amitiés perdues, les dettes et les doutes hantent Rooney et le plongent dans un puits noir et sans fond de désespoir et de regret. L'ombre du ballon orange, du pitoyable bonimenteur de foire plane sur tout. UsurpaTrump a fait faillite six fois, dont une où il a planté là ses investisseurs avec huit cents millions de dollars de dettes. Et Rooney qui pleure les onze mille qu'il doit à American Express et ne peut rembourser !

Mais, une fois de temps en temps, il est tiré de sa torpeur dans le fauteuil de Morphée par la sonnerie de son portable, et il répond, juste parce qu'il se sent atrocement seul et qu'il ne veut pas se suicider, quelle que soit la violence du chagrin qu'il ressent, la nostalgie de tout ce qui n'est plus, de tout ce qui aurait pu advenir, le néant, le fait de n'avoir jamais trouvé le pull en cachemire rose pâle qu'il voulait tellement mais n'aurait plus les moyens de s'offrir.

Les conversations sont toujours brèves. L'interlocuteur a à peine le temps de dire bonjour que Rooney objecte aussitôt : « Je vous arrête tout de suite. Je n'ai rien. Je suis à découvert à la banque. Je n'ai pas un sou à vous donner. Je suis navré. » L'autre répond alors : « Même un petit versement de vingt-cinq dollars permettrait que la dette ne se creuse pas », et Rooney répète ce qu'il a déjà dit, avant de couper court. Quelle honte. Soixante-dix ans, et même pas vingt-cinq dollars devant lui.

Il s'inquiète que ces hommes et ces femmes, si calmes et agréables lorsqu'ils se présentent au bout du fil, ne le haïssent personnellement une fois qu'il leur a raccroché au nez. Chaque fois qu'il se montre si grossier, bien qu'il ait dépeint le plus honnêtement possible le caractère désespéré de sa situation, la vérité le percute de plein fouet, telle une voiture lancée à une vitesse insensée.

Le chèque de l'aide sociale arrive le 3 de chaque mois, deux mille dollars au lever du jour, engloutis au coucher du soleil.

Il ne reste rien, ni sur son compte en banque, ni dans son cœur, rien d'autre que la douleur perpétuelle dans ses jambes, la décharge inexplicable de la souffrance qui fuse des pieds aux hanches, chaque jour, toute la journée. Plus rien, en somme.

L'amour, la douleur et la perte. Il ne se pose même plus la question du *comment*, comment est-ce arrivé, comment est-ce possible. C'est arrivé, voilà tout, aussi bêtement que de se faire poignarder en plein foie par un toxico dans une ruelle sombre parce qu'on n'a pas les cinq dollars dont le type a besoin pour sa prochaine dose, sa bouffée d'euphorie, ses quelques heures d'oubli.

Et le crétin orange dans la Maison du Peuple, un gros melon dont le seul but est de détruire la planète.

Comme ils ont honte, ses concitoyens, comme ils sont moroses et affligés. S'il pouvait, Rooney enverrait sept milliards de cartes de chez Cartier, dans leurs enveloppes doublées, une par citoyen du monde, et dans chacune il écrirait : « Je suis désolé », avec son stylo ruineux.

Même si, par les urnes ou par la révolution, ils réussissaient à se débarrasser du demeuré, il resterait présent à jamais, comme la douleur dans les jambes de Rooney, comme cette maladie auto-immune qui ne le quittera plus, qui ne fera qu'empirer de jour en jour. Une tache de pisse de chien sur un tapis blanc immaculé.

Alors ils avalent des cachets, ils fabriquent de la meth dans leurs sous-sols, ils s'échinent à oublier leur désespoir, jusqu'à l'overdose, jusqu'à la mort.

À cause d'un homme qui a forcé l'entrée de la Maison Blanche avec l'aide des Russes, qui, selon un grand quotidien national, ment aux Américains en moyenne seize fois par jour, un clown orange et menteur. Plus de cinq mille mensonges éhontés, rien que dans ses deux premières années. Il y a des gens pour faire ce genre de décomptes. Tout ce que fait et pense le pays bien-aimé de Rooney nourrit désormais la satire et les sarcasmes du reste du monde.

Dans d'autres pays, on descend dans la rue, on renverse des gouvernements, on hurle jusqu'à se faire entendre. En Amérique, on regarde la télévision. Rooney se demande chaque jour où est passée la fureur de sa jeunesse. Où sont les émeutes estudiantines, les défilés dans la rue ?

Ainsi s'écoulent ses matinées, jusqu'à l'heure de sa sieste, puis c'est le crépuscule, le coucher de soleil ambré et prodigieux, les ondulations d'or et d'améthyste sur la rivière, les canards sauvages surgis de nulle part, volant en V, les poissons silencieux et sages qu'argentent les profondeurs de la rivière qui continuera de couler, jusqu'à ce que le réchauffement nié par ce fou criminel réduise le monde en cendres.

Puis le soir tombe, Rooney décongèle un plat surgelé, car il a oublié comment on cuisine. Le poste de télévision prend la poussière dans un coin ; seul l'accompagne le rock'n'roll. Puis il sort Judge dans le noir, le chien part en courant devant et il le suit en boitillant avec sa canne, il prend garde aux pommes de pin, il redoute les renards dans l'obscurité. Le faisceau mourant de sa lampe torche ne lui est d'aucune utilité, il se guide à la lueur du mince croissant de lune. Puis les cachets, dormir jusqu'à 4 heures. C'est là qu'il se réveille pour regarder la lune glisser dans la rivière.

Par un matin miraculeux, le téléphone sonne et, en voyant le nom s'afficher, Rooney se redresse, cherche en lui comment feindre la joie, comment jouer à nouveau celui qu'il a été.

Ce nom, c'est celui de Trotmeier.

Trotmeier, debout sous la neige fine, à la lueur des réverbères, sa chevelure et son manteau en cachemire parsemés de flocons, le roi de la neige disant : « J'aurais aimé mourir sur cette piste de danse, avec elle, en cette seconde. Je serais mort heureux. » Les larmes luisaient au coin de ses yeux voilés, puis il avait pris Rooney dans ses bras, avec le genre de tendresse que seuls des hommes qui se font pleinement confiance peuvent partager. Ce devait être leur dernière accolade.

« Salut, beau gosse ! » s'exclame Rooney dans l'appareil, s'attendant à entendre le rire familier, plus grave maintenant, la voix rendue râpeuse par le cognac et les cigares, mais toujours joyeuse.

Au lieu de quoi, c'est une petite voix d'oiseau qui répond, celle d'une femme qui ne doit être encore qu'une enfant.

« Allô ? dit l'oiseau. Monsieur… monsieur Rooney ? C'est bien Rooney ?

— Ça l'était », répond-il en s'efforçant de rire. Que se passe-t-il, et qui est cette femme ?

« Je ne comprends pas.

— Laissez tomber. Qui est-ce ?

— Alicia Trotmeier, et j'ai peur d'avoir une mauvaise nouvelle à vous annoncer. »

Alicia ? Une de ses filles ? Rooney n'en a aucun souvenir. Trotmeier a cinq enfants, dont l'une est sa filleule, mais il a oublié laquelle. Quoi qu'il en soit, le prénom Alicia ne lui dit rien. Une sœur, peut-être ?

« Alicia Trotmeier, répète l'oiseau, comme si elle n'en était pas très sûre elle-même. Et j'ai le regret de vous dire que mon mari est mort. Paisiblement. Tout le monde était là, même les petits-enfants. La chambre était tellement bondée que c'était irrespirable. Il était très aimé. Il était là, il me tenait la main, et tout à coup… tout à coup… » Manifestement, ça a du mal à sortir.

« Tout à coup, plus personne. Il a fermé les yeux, et il ne respirait plus. Mais l'infirmière des soins palliatifs a dit qu'il n'était pas tout à fait mort. Pas complètement. D'après elle, il fallait cinq minutes. Alors on a attendu, et ensuite elle a coupé la perfusion de morphine, et toutes les machines, clic, clic, clic. Et là il était mort pour de bon. »

Les larmes qui montent, et Rooney qui respire vite, par à-coups, faisant de son mieux pour ne pas ajouter son propre chagrin à celui de cette femme. D'une voix aussi calme que possible, il répond : « Je suis navré. Tellement navré. C'était… c'était un homme bon. Un des meilleurs.

— Cancer du cerveau, pépie Alicia. Ça a mis quatre ans. Un calvaire. Horrible.

— Je l'ignorais. » Il sent les larmes rouler sur ses joues,

pour sa jeunesse, tellement loin désormais, pour le corps splendide et le compte en banque bien garni, et pour son meilleur ami, Trotmeier, le seul à être resté, quand tout le monde était parti. « On vient juste de… » Mais c'était quand ? Trois mois ? Six mois ? Rooney a perdu toute notion du temps. « On s'est parlé très récemment. Il n'a rien dit. Je suis tellement désolé. Et vous… vous êtes sa fille ?

— Je suis sa femme. Enfin, sa veuve.

— Je l'ignorais également.

— On s'est enfuis ensemble. Il y a six ans. J'avais vingt-sept ans. On s'est cachés dans sa maison à la Barbade. Sur la plage.

— Encore une chose dont il n'a pas parlé.

— Il avait honte. Je lui faisais honte. Il était mortifié. Et je me retrouve dans un appartement gigantesque sur Park Avenue, dans une robe noire faite à Paris et qui coûte… eh bien, une fortune, et les domestiques n'arrêtent pas d'apporter d'énormes bouquets et des couronnes de fleurs envoyés par des gens que je ne connais pas, et je dois appeler les noms sur sa liste, ceux qu'il fallait prévenir en premier. Et le vôtre est tout en haut. Je me sers de son portable, parce que c'est le seul moyen de retrouver les numéros. C'est incroyable, pas vrai ? On appuie sur une touche, et le téléphone passe l'appel tout seul.

— Incroyable.

— Il voulait que vous veniez. À la fin, il n'arrêtait pas de vous réclamer, mais il n'arrivait plus du tout à articuler, il ne faisait que marmonner et faire des gestes. » Elle se met à pleurer, pour de bon, cette fois.

« Je suis navré. C'est idiot à dire, mais… mais je… » Son relevé bancaire lui bondit soudain à l'esprit. Il est à découvert de huit cents dollars et n'a plus une seule carte de crédit valide dans son porte-cartes en lézard.

« Il était au courant. De votre… situation. Il a tout arrangé. Ma secrétaire vous a réservé un vol pour demain. Elle vous appellera. Une voiture vous attendra à l'arrivée pour vous emmener au Pierre. Elle a même retenu votre ancienne chambre. La 3411. Nous avons payé le supplément pour que vous puissiez fumer dans la suite. Imaginez un peu. Enfin. Neva travaille toujours là-bas, et ils l'ont affectée à votre chambre, et elle s'est assurée que vos verres seront bien sur votre bar. Tout est réglé, même les pourboires. Ils disent que vous n'êtes plus revenu depuis des années. Imaginez un peu. Ils ont toujours vos verres.

— Trotmeier. Oh mon Dieu, Alicia. Ça me brise le cœur.

— Il était là, soudain il est redevenu totalement lucide. Il a demandé un cigare et un cognac, que j'ai fait apporter, et il a fumé et bu en paix. Et puis il est mort. Je lui tenais la main. Mais ce ne sont que des détails. Il a prévu une veillée très sophistiquée. Dans la salle de bal du Président, au Metropolitan Club, et il a fait une liste des gens à appeler. Vous êtes le premier. Je l'ai déjà dit.

— Oui.

— Eh bien voilà. J'ai encore quinze appels à passer. La secrétaire n'aura qu'à le faire. Un seul m'a suffi.

— Alicia, juste un mot. Ne laissez personne vous dire combien de temps dure le deuil, ou combien de temps vous êtes censée pleurer.

— Je ne pense pas que je pleurerai très longtemps. Je ne le connaissais pas si bien. Oh, et je suis enceinte. Par FIV. »

Et elle raccroche aussi sec.

Qui est cette femme ? Est-ce que l'épouse de Trotmeier ne s'appelait pas Alexandra ? Et avant elle, l'autre mariage auquel Rooney a assisté… Le coup d'essai, avec cette fille de chez Florent… C'était quoi, son nom, déjà ? Une grande Noire qui exsudait une sorte de charme pervers dont les clients raffolaient. Elle avait un frère drag-queen flamboyant, qui prétendait plus ou moins être serveur là-bas. Son service était de 23 heures à l'aube. Elle était de la Jamaïque. Oh, Sabrina. Ça avait duré six mois, jusqu'à ce que sa grande folle de frère se mette à voler la vaisselle et les meubles et à les vendre aux quatre coins de la ville. Des milliers et des milliers de dollars. Il avait même fait embarquer un tapis de six mètres sur quatre. Il l'avait roulé et *hop !* dans le camion. *Finito*.

Trotmeier avait cinq enfants. Il les adorait tous.

Et les petits-enfants, combien ? onze ? douze ? Et sans doute d'innombrables arrière-petits-enfants, à l'heure qu'il est.

Il émanait de lui une telle joie. Une telle passion, pour le sexe, pour l'art, d'ailleurs il était devenu collectionneur en commençant à gravir les échelons à la Firme, jusqu'à atteindre les sommets. Alors il s'était offert un petit paysage de Gerhard Richter, la seule œuvre qu'il ait sincèrement désirée par lui-même, et il l'avait accrochée près de son lit afin de pouvoir se délecter de sa beauté chaque matin en prenant son café dans son service en limoges ancien.

Un homme merveilleux. Un grand homme ? Non, malgré les associations caritatives et la fondation pour les mères célibataires noires. Ça faisait partie des obligations incontournables, à son niveau, dans ces hauteurs stratosphériques.

Il les avait tous dépassés. Jusque dans la mort.

Dans l'heure, le téléphone sonne de nouveau. C'est la secrétaire anglaise de Trotmeier – « Des Anglaises comme secrétaires, des Italiennes comme bonnes, des Françaises comme cuisinières, des Noirs comme majordomes… et Burger Heaven à emporter » – qui l'informe de l'horaire du vol, une voiture viendra le prendre à telle heure à tel endroit, un déjeuner l'attendra dans le véhicule, le péage a déjà été réglé, ainsi que la deuxième voiture à l'aéroport et sa suite au Pierre, et ainsi de suite jusqu'à ce qu'il n'entende plus rien.

« Le chauffeur aura votre itinéraire complet. Il viendra vous chercher à 10 h 45 précises. Vous resterez dix jours sur place. Apparemment, votre présence est requise à la lecture du testament.

— Quoi ?

— Votre itinéraire complet sera dans la voiture. À demain. Oh, et vous pouvez amener votre chien. Il est enregistré comme animal thérapeutique. » Elle lâche un petit rire timide avant de raccrocher.

Rooney et Judge dans les couloirs du Pierre. Éblouissante perspective. Rooney se précipite chez sa toiletteuse en la suppliant de s'occuper de Judge sur-le-champ, et l'aimable commerçante lui trouve un créneau entre deux clients.

Rooney est si fatigué. Mortellement las. Il décide de dormir. Au réveil, il n'est pas reposé. DésasTrump. C'est sa première pensée, en attendant que la lune glisse de l'autre côté du monde, son combat contre la fureur, dans le noir. Et la fureur, qu'est-elle devenue ? Sa génération a mis fin à la guerre et a renversé un président par la seule force de sa fureur. DésasTrump leur a inoculé à tous une sorte de somnambulisme, une vie dans la mort, et c'est trop à absorber, ils n'ont plus l'énergie de déployer leur fureur. Des enfants de cinq ans se font tirer dessus à l'école, ceux qui survivent apprennent au CP comment se barricader derrière leurs bureaux, s'enfermer dans des placards, courir en zigzag pour éviter les balles. La menace orange a décrété que c'était à cause de tous ces violeurs et ces membres de gangs qui traversent la frontière, alors que ce sont toujours des gamins américains qui s'ennuient, des meurtriers qui adorent tuer, une kalachnikov à la main. Ils apprennent ça dans les jeux vidéo. La mort n'a plus rien de réel. Tuer un autre être humain ne signifie plus que l'autre se retrouve vraiment mort, pour de bon. Il suffit de relancer la partie, non ?

Les parents des tireurs ont toujours l'air ébahis, comme si avoir chez soi un ado de seize ans qui planque treize armes sous son lit était parfaitement normal. Des gosses de trois ans descendent leur baby-sitter sous prétexte qu'ils ne veulent pas aller se coucher.

Il y a ce couple, des gens que connaît Rooney, qui ont envoyé leur enfant de huit ans chez un instructeur pour apprendre à manier un pistolet. Alors qu'il enseignait au petit les mesures de sécurité pour manipuler une arme, l'instructeur s'est tiré dans la paume, et la balle est venue se loger dans le cerveau du gamin, le tuant sur le coup. Aux obsèques, l'instructeur était assis avec la famille mortifiée, un gros bandage autour de la main.

L'Amérique est en train de se suicider, et son dictateur, à qui il ne manque que l'uniforme à épaulettes et boutons dorés, répète à l'envi que cinq mille enfants – qu'il a fait mettre en cage – s'apprêtaient à envahir les villes pour venir tuer tous les Américains dans leur sommeil.

Un journaliste unanimement admiré se fait démembrer vivant, puis assassiner et mettre en pièces par ordre du prince héritier d'Arabie Saoudite, et DespoTrump prétend qu'il s'agit de « *fake news* », son expression favorite.

Et eux tous, citoyens des États-Unis, sont si épuisés que leurs deuils individuels sont engloutis dans le chagrin national.

Rooney est si las. Les riches vivent de manière obscène grâce à leurs salaires obscènes, Trotmeier le premier, tandis que le reste du pays traverse comme un somnambule la mort de ses ambitions et des espoirs qu'il nourrissait pour ses enfants.

Il a le cœur brisé par la disparition de son ami, le seul qui ne l'ait jamais abandonné, qui debout sous un réverbère, sous la neige à l'entrée du Pierre, lui disait les larmes aux yeux qu'il serait mort heureux sur cette piste de danse, dans les bras de cette diva avec laquelle il ne vivait qu'une liaison de hasard. Il était évident que sur son lit de mort la diva en question ne verrait pas le visage de Trotmeier défiler parmi ceux des êtres chers qu'elle s'apprêterait à quitter.

Pour Trotmeier, elle représentait l'absolu. Pour elle, il ne représentait rien. Cet homme bon et doux, avec son corps sexy et ses appétits voraces, cet homme ne traverserait même pas son esprit, la dernière heure venue.

Trotmeier envoyait vingt mille dollars à Rooney chaque année pour Noël et pour son anniversaire, le sauvant ainsi de la misère. Sans Trotmeier, à l'heure qu'il est, Rooney serait planté à un coin de rue quelconque avec un panneau en carton autour du cou disant « Vétéran SDF ». Affamé et transi de froid, courant vers chaque voiture qui s'arrêterait au feu rouge pour s'incliner et nettoyer le pare-brise. Priez pour moi.

Ce n'est pas un fantasme, une manière de se victimiser. Ce n'est rien d'autre que la vérité. Maintenant que Trotmeier n'est plus et que les chèques n'arriveront plus, qu'adviendra-t-il de lui ? L'avenir est si sombre qu'il obscurcit l'étincellement glorieux de la rivière qui était le seul réconfort de son cœur. Le testament, a-t-elle précisé de son petit ton pincé. Quel souvenir transmis par son ami gardera-t-il dans sa poche, debout à son coin de rue ?

Il reste prostré dans le fauteuil de Morphée pendant des heures, à fumer en sanglotant, accroché à son téléphone comme s'il allait sonner encore une fois, comme si la voix joyeuse et tonitruante de Trotmeier allait claironner à son oreille. La douleur dans les jambes est insoutenable, il a peur de se lever, parce qu'il sait ce qu'il ressentira en posant le pied par terre. Il a l'impression qu'on lui a cassé les tibias à coups de batte, qu'on lui a atomisé les rotules avec des balles destinées aux écoliers. La perte, l'amour et la douleur. C'est l'Amérique. Épuisée. Ils sont tous tellement éreintés, putain. Sauf l'Agent orange.

Carmela. Faudrait-il l'appeler ? Trotmeier l'a aimée, et elle-même lui a dit un jour que c'est lui qu'elle aurait dû épouser, au lieu de Rooney. Il a son numéro dans son téléphone. Tout ce qu'il a à faire, c'est appuyer sur la touche magique contenant toutes les informations cruciales, la touche qui traque le moindre de ses déplacements, dans cette petite machine qu'il tient au creux de sa paume et qui est le symbole de la fin de son intimité et de sa vie privée, de l'amour et de la perte et, oui, de la douleur et de la honte.

Il allume une énième cigarette, appuie sur la touche et prononce son prénom. Le téléphone sonne dans le vide, jusqu'à ce qu'une femme réponde, en espagnol. Une domestique ?

Il demande à parler à Carmela, et la femme se lance dans une tirade à laquelle il ne comprend rien.

Il raccroche, puis rappelle, espérant confusément que le téléphone infaillible se soit trompé en numérotant, ou qu'une forme de dialogue sera possible avec cette femme dont il ne parle pas la langue.

Cette fois-ci, elle répond aussitôt, et elle hurle déjà. Il saisit vaguement qu'elle menace d'appeler la police, puis la communication s'interrompt abruptement, le plongeant dans un abîme de silence.

Personne ne change de numéro de portable. Rooney a le même depuis trente ans. Personne sauf Carmela. Trotmeier a dit un jour qu'elle s'était remariée, pour la quatrième fois, s'enrichissant exponentiellement à chaque union, mais Rooney est incapable de se remémorer le nom de son dernier mari en date. Le comte Je-ne-sais-quoi. À présent il l'a totalement et définitivement perdue, son visage s'efface dans le nimbe qui l'a toujours auréolé, tel celui d'une sainte. C'est dire l'immédiateté et la profondeur de son amour pour elle. Le seul détail qui lui revienne clairement à l'esprit est la paire de boucles d'oreilles en rubis qu'elle portait, le jour de leur rencontre. Et les chaussures rouges. Aucune femme au monde ne portait les chaussures rouges comme elle. On aurait dit qu'elle était née avec.

Elle lui a raconté qu'enfant, lors d'un pique-nique familial, elle avait fait en passant une remarque fort spirituelle à laquelle son grand-père, fondateur de la fortune de la dynastie, avait répondu : « Voyez-vous ça ! Et moi qui te prenais pour une petite idiote mollassonne. » Des années plus tard, lorsqu'elle s'habillait pour sortir, elle se regardait une dernière fois dans le miroir avant de franchir la porte en disant à voix haute : « Quelle petite idiote mollassonne. » Puis elle se jetait dans le vaste monde, lumineuse et prodigieuse.

Eh bien, la comtesse Je-ne-sais-quoi leur a donné une

bonne leçon à tous. Voilà qu'elle a changé de numéro de portable afin que personne susceptible de se rappeler cette histoire ne puisse plus la contacter. Il est arrivé à Rooney de la googliser, simplement pour voir son visage, bien qu'elle ait grassement payé les paparazzis pour être photographiée le moins possible. Mais il trouvait tout de même des traces.

Trotmeier l'avait aimée, et réciproquement. Il fallait qu'elle sache. Qu'elle fasse son deuil, une fois encore. Tout comme Rooney, cahoté sans fin dans son berceau de chagrin éternel.

Il finit par appeler Fanelli. Fanelli a toujours été doué pour remonter le moral des autres. Il répond à la première sonnerie, de cette même voix musicale quoique diminuée, comme s'il parlait de derrière un mur.

« Fanelli », dit Rooney avec autant de calme et de joie qu'il en est capable.

Suit un long silence.

« Fanelli ?

— Ça alors, regardez un peu qui réapparaît. Mon plus vieil ami. » Pas très convaincu, pas très convaincant.

« Ça fait trop longtemps, dit Rooney.

— Pour qui ? réplique Fanelli avec une hostilité à peine déguisée.

— Eh bien, pour moi, en tout cas.

— Oh. »

Comment s'y prendre ?

« Tu es au courant, pour Trotmeier ? Il est mort. Cancer du cerveau.

— J'ai lu ça dans le *Times*. Et en ligne.

— Tu y vas ? À la veillée, et tout le reste ? Je ne sais même pas où tu es.

— On vit en Floride. À Boca Raton. La Gueule du Rat.

— Je pense qu'il voudrait qu'on soit tous là.

— Tu sais, je ne l'ai jamais beaucoup apprécié. Foutu m'as-tu-vu de gauche. En plus il m'a viré. Tu le savais ? Il m'a convoqué dans une salle remplie d'avocats pour me virer comme si on ne se connaissait pas. Juste avant que je touche les dividendes pour lesquels je bossais depuis trente ans. Je suis parti sans rien. Pas même une putain de montre en plaqué. Donc non, j'y vais pas.

« Et je t'ai menti. Je ne vis pas à Boca Raton. Vero Beach. Rien que des négros, des Latinos et des mobil-homes. Je suis agent immobilier. J'ai envoyé sept gamins à la fac. C'est là qu'est passé tout mon fric. Et pas un coup de fil. Ils ont tous un gros poste, un bon salaire, et j'ai pas droit à une carte pour mon anniversaire.

— Je suis désolé de l'apprendre.

— Vraiment ? Oh. »

À qui est-il en train de parler ? Qui est cet homme ?

« Fanelli... ?

— C'est moi. C'est pas si mal. On a un chouette bungalow. Avec une chambre d'amis tellement bourrée de merdes qu'il faudrait un mois pour tout vider, mais c'est même pas la peine. Ma deuxième fille, Mary, est morte, tu le savais ? Celle que tu n'as jamais daigné venir voir.

— Je suis navré.

— Cancer du col de l'utérus. À trente-six ans. Médecin, et elle chope un putain de cancer.

— Je suis navré.

— Tu l'as déjà dit.

— Eh bien, c'est parce que c'est vrai.

— C'est ce qu'on dit. Je l'ai entendu mille fois. Je suis navré. Médecin, quatre enfants. Qu'est-ce que ça peut te faire ? C'était pas ta fille.

— Je l'ai connue, petite.

— Tu lui as même fait des cadeaux. Du moins, au début. C'est comme pour India. Des robes de soirée les sept premières années, puis plus rien. Ma femme devait les repasser à la main, à cause de tous les plis et de la dentelle. T'as jamais rien entravé aux fringues pour gosses. Le tutu de *Casse-noisette*. Bon Dieu, elle adorait ce machin.

— La vie n'a pas été facile, pour moi non plus.

— Ah ouais ? Je m'en fous complètement.

— Fanelli. Je te demande pardon. Je suis navré.

— Ça fait trois fois que tu le dis. Je veux plus rien avoir à faire avec toi et ta bande.

— Comment ça, "ma bande" ?

— Ta bande de pédés de gauche chicos.

— Qu'est-ce que tu viens de dire ?

— Tu as très bien entendu.

— RÉPÈTE CE QUE TU VIENS DE DIRE !

— J'ai dit pédé. Fiotte. Tapette. Ça t'énerve, hein ? Pédé. Vous avez bousillé ce pays, toi et ta bande. Vous vous êtes libérés, ha ! Et ça nous a menés où ? Au sida, à la drogue et aux négros. Écoute la radio, une fois de temps en temps, Rush Limbaugh, Alex Jones, regarde la télé. *Notre* télé. La télé *américaine*. Toi et ta bande, vous avez laissé tous ces Latinos et ces terroristes entrer dans le pays, et je me retrouve à écouter leur charabia à longueur de journée et à leur fourguer des mobil-homes sur des terrains marécageux.

— Fanelli, qu'est-ce qui t'est arrivé ? »

Parce que c'est bien là la question essentielle – TrompetantrompeurtraîtreTrump. Que t'est-il *arrivé* ?

« Bon Dieu, tête de bite. La vie. Voilà ce qui m'est arrivé. Et ce putain de Trotmeier. Au moins, maintenant, on a un président qui se soucie de *nous*, de ce que tu appellerais les petites gens. Un ramassis de déplorables, comme elle nous a appelés, cette salope. Foutez-la-moi au trou, oui ! »

Rooney ne répond pas. Une immobilité effroyable s'est abattue sur la pièce, sur son cœur. Il entend le déclic, puis c'est le silence à l'autre bout de la ligne. Le verrou qui glisse, condamnant encore une des pièces splendides de sa jeunesse. Sa haine à lui vaut-elle mieux que celle de Fanelli ? Est-elle plus estimable ? N'étaient-ils pas tous deux partis dans la vie pour aimer, être heureux et réussir, avec la grâce de Dieu ?

Il n'y a pas de grâce, dans le monde de Dévasta-Trump. C'est fini. Et le bonheur se résume pour Rooney à une seule soirée, l'année de ses vingt-trois ans. Il y a une éternité de ça.

Elle avait tellement d'humour, sa filleule. India, la seule enfant qu'il ait connue dotée d'une telle maturité d'esprit. Lorsqu'il se promenait avec elle sur Park Avenue, à l'âge d'or où Fanelli vivait là – douze pièces au trentième étage –, elle saluait tous les portiers par leur nom.

Rooney lui aurait lu le catéchisme comme il lui avait autrefois lu des contes, comme ce jour à Sagaponack où, allongés sur des chaises longues, ils avaient prétendu être en croisière, en route vers l'Europe pour le mariage de lady Diana Spencer. Il lui aurait offert quelque chose de rare et de ravissant pour ses noces, ils seraient allés choisir ensemble sa robe chez Vera Wang. Mais c'était avant.

Avant qu'il pète les plombs. Avant que ce pauvre Fanelli si gentil pète les plombs. Avant qu'il oublie. Rooney ne sait même pas où vit India, aujourd'hui. Quant à la pauvre Mary, il pourrait toujours se rendre sur sa tombe pour lui demander pardon, mais il ignore où elle est enterrée, et rappeler Fanelli ne lui paraît pas une très bonne idée.

Il n'y a que deux camps, désormais. Et avec Fanelli, l'une de ses grandes amitiés de jeunesse, ils ne sont plus dans le même.

Rooney ne veut qu'une chose, disparaître, couper son téléphone, l'oreillette du diable, avaler une poignée de cachets et dormir. Mais soudain il a une faim de loup, et puis il lui faut s'occuper de ses bagages car il déteste les faire dans le noir, et la voiture sera là demain matin à 10 h 45. Précises, a dit la secrétaire.

Deux morts, non, trois morts à pleurer en un seul jour, car Fanelli, son cher ami, est désormais comme mort pour lui, tout aussi mort que la pauvre Mary. Ces gens qui s'abreuvent de venin et vomissent du poison, il faut se les arracher du cœur à mains nues et réduire leur mémoire en cendres. Il entend la voix de ténor de Fanelli, la nuit d'été où la magnifique Giulia de Bosset était morte sans que personne s'en aperçoive, mais cette voix est lointaine, très lointaine, et brouillée.

Il avait chanté « My sweet embraceable you » dans un silence absolu, pas un bruit dans la pièce, pas même le tintement d'un glaçon pour venir troubler l'immobilité parfaite dans laquelle la voix de Fanelli flottait, les enveloppant dans une douce couverture pour parer à la fraîcheur du soir.

Ils avaient eu beau le supplier, il avait refusé d'en entonner une autre. En fait, Rooney ne l'avait plus jamais entendu chanter. Chantait-il, à Vero Beach ?

D'un côté, eux. De l'autre, les déplorables. Comment avaient-ils pu laisser cette blague macabre et funeste leur arriver ? En s'assoupissant, pénétrés de leur arrogance, tout contents d'eux, et en se moquant de la chose même qui voulait leur mort. Un vendeur de tapis, une star de télé vulgaire avec des cheveux en barbe à papa et cette étrange manie de renifler pendant ses discours. « La Normège », avait-il dit en présentant le Premier ministre de Norvège. « La Normège, le pays scandinave, voyons ! » Comment auraient-ils pu deviner que ce bouffon était un parfait Hitler ? Non, même pas Hitler. Lui était capable de se concentrer plus de trente secondes. Il avait une vision, une vision du mal tellement ignoble que personne ne pouvait imaginer qu'elle se réaliserait, jusqu'à ce qu'il soit trop tard. VentripoTrump n'a que des slogans. Et la vulgarité. Un grand atout, la vulgarité, de nos jours.

Rooney a faim. Il va fouiner dans le réfrigérateur. Où il ne trouve rien, hormis quatre œufs et un reste de crème glacée. Il finit le pot avant d'avaler les cachets qu'il s'était juré de ne pas prendre. Puis il s'allonge sur son lit, avec Judge tout juste toiletté, splendide, fils de champion, et qui serait lui-même un champion pure race sans cette légère supraclusion, et ils demeurent ainsi tous deux, l'homme et son chien, jusqu'à ce que la rivière dorée et étincelante s'assombrisse telle une coulée de goudron et qu'explose le coucher de soleil époustouflant. Encore un fichu coucher de soleil de carte postale.

Trotmeier n'est plus, et Rooney sanglote dans la lumière splendide et mourante qui lui brûle la rétine.

Que leur est-il *arrivé* ? Qui a eu la sucette et qui les coups de bâton ?

TrompetanTrump. Assez. D'une mer étincelante à l'autre, nous te prions, qui que tu sois. Par pitié, Dieu miséricordieux, doux Jésus des Israélites, chef de la Nation cherokee, esclaves et maîtres d'esclaves, tous et chacun, partout, où que vous soyez sur la terre des hommes libres, qui que vous soyez parmi la nation des opprimés, faites que cela cesse.

7

Retour dans la cité d'or

Comme promis, la voiture apparaît à 10 h 45 précises. Elle est noire, tellement rutilante qu'on se voit dedans. Et silencieuse. Rooney se tient frais et dispos, tiré à quatre épingles après avoir passé la nuit à trier sa vaste collection de vêtements que, pour la plupart, il n'a plus portés depuis si longtemps qu'il ne les reconnaît pas. Il s'est par exemple rendu compte qu'il avait quatre smokings. Il ne jette jamais rien, et ses vêtements sont le seul capital qu'il possède.

Le chauffeur descend du véhicule, un grand gaillard charpenté à la calvitie naissante et à la frange blanche, vêtu d'un pantalon noir lustré par des passages trop fréquents chez le teinturier et d'une chemise à manches courtes en polyester à fine cravate noire maintenue par un fixe-cravate en toc.

« Bonjour, monsieur, lance-t-il. Fin prêt ? » Il évalue du regard les trois valises Globe-Trotter assorties, le sac en toile contenant l'ordinateur, la stéréo compacte, le casque Master and Dynamic, le chien d'une élégance parfaite au bout de sa laisse en cuir et, après un bref hochement de tête, conclut : « On dirait bien. »

Ainsi toiletté, Judge resplendit et caracole, tout fier ; il ressemble à s'y méprendre à son grand-père Stump, qui a remporté le concours canin de Westminster, il y a dix ans. Stump avait alors onze ans, devenant le chien le plus âgé à avoir remporté le grand prix. Judge vieillit, lui aussi, aussi lui faut-il un peu d'aide pour grimper dans la voiture. Rooney le suit, le genou à l'agonie, faisant entrer sa canne en dernier, juste avant que le chauffeur ne referme la portière dans un petit clic feutré. Le gars sent le déodorant bas de gamme et la chemise en synthétique lavée trop souvent dans une chambre de motel.

« Je peux fumer ? demande Rooney.

— Faites tout ce qui vous chantera. » Le chauffeur tend le bras tout en démarrant, manquant de percuter un arbre dans l'étroite allée en se contorsionnant, et donne une bouteille d'eau fraîche à Rooney. « Je suis fumeur, moi aussi. Mais jamais pendant le travail. C'est joli, par ici. J'étais jamais venu. Regardez-moi ce pont ! »

Doux Jésus. Un bavard. Rooney allume une cigarette et met son casque sur les oreilles. Couché sur ses genoux, la langue pendante, Judge lèche négligemment le pantalon de son maître. De la bave partout, sur un costume Zegna à quatre mille dollars.

Rooney aperçoit la grande enveloppe gravée à son nom posée sur la banquette, sous les pattes arrière de Judge. Il tire dessus d'un coup sec et l'ouvre.

À l'intérieur, il découvre un programme de quatre pages, avec les lieux et les horaires, ainsi que le code vestimentaire. Cocktail au Metropolitan Club l'après-midi même à 18 heures, dîner à La Grenouille à 20 heures, chaque horaire et chaque événement consignés dans les moindres détails, jusqu'au dîner dansant au Rainbow Room et au pique-nique du week-end dans la maison de

Southampton. Rooney trouve également une enveloppe très épaisse contenant une liasse de billets qu'il compte très attentivement – dix mille dollars, en billets de cent. Et mille supplémentaires en coupures de vingt, pour les pourboires. Et la carte American Express noire de Trotmeier. Une débauche de richesse. Rooney essaie de se remémorer la dernière fois qu'il a eu autant d'argent sur lui, et ne parvient pas à remonter si loin.

Lorsque, après des efforts surhumains et désespérés, il a finalement laissé les banques le dépouiller de sa maison d'enfance pour la mettre en vente, elle était tellement hypothéquée et surhypothéquée qu'au bout de six mois il avait reçu le solde mirobolant de 6,31 dollars, accompagné de la désapprobation de sa sœur, sœur Canine, pour avoir « perdu leur seul bien de famille », alors qu'il s'était battu comme un beau diable pour ce lieu qui avait englouti toute sa fortune avant de connaître le sort que Rooney redoutait et prévoyait depuis la seconde où il s'était fait renvoyer comme un malpropre de Wall Street.

Malgré le casque, il entend les commentaires ininterrompus du chauffeur, lequel décrit à Rooney des paysages qu'il a vus mille fois, comme si c'était la première et qu'il n'habitait pas la région. On dirait que le gars vient de débarquer sur une terre vierge, cachée pendant des siècles aux yeux du monde, habitée par une tribu indigène en voie d'extinction dont les coutumes le fascinent et qu'il est le seul à savoir décoder.

Dans les écouteurs, Ane Brun chante « How to Disappear Completely », un vieux titre de Radiohead qui l'a conquise et qu'elle s'est réapproprié, une complainte brève et pénétrante que Rooney s'est mis à écouter dès le réveil, jusqu'à six ou sept fois de suite, se levant de son lit en trébuchant pour aller appuyer sur la touche

« Replay ». C'est devenu son hymne, son oraison, son invocation quotidienne au dieu de la rivière, dont les marées et la lumière étincelante le portent jusqu'au soir et lui permettent de vaincre la journée. Et voilà qu'Ane ouvre la porte sur son premier retour à New York depuis des années, cette ville où il a vécu comme le plus flamboyant parmi les flamboyants, et où un torchon quelconque l'a élu un jour « meilleur parti de l'année », distinction qui avait fait de lui la risée de ses amis et la cible de toutes les désaxées esseulées de la ville.

Chaque matin, tandis qu'Ane chante son désespoir : « Ce n'est pas en train de se passer / Je ne suis pas là / Je ne suis pas là », Rooney murmure pour lui-même la prière à saint Michel, saint combattant, défenseur des justes, gardien des portes que l'on doit franchir, brandissant son bouclier et sa lance pour renvoyer Satan en enfer.

L'âme de Rooney est déjà en enfer. Et elle n'y est pas seule. Pauvre Fanelli, furieux, impénitent, prisonnier de sa haine. ToxiTrump, le mal qui tue son pays. Néanmoins, Rooney prie pour que ce Satan-là soit renvoyé en enfer.

Saint Michel Archange,
Défendez-nous dans le combat,
Soyez notre secours contre la perfidie et les embûches du démon.
Que Dieu exerce sur lui Son empire,
Nous le demandons en suppliant.
Et vous, prince de la milice céleste,
Refoulez en enfer, par la Vertu divine,
Satan et les autres esprits malins qui errent dans le monde pour la perte des âmes.
Amen.

Le Donald, créature de Poutine. Ivanka. Jared. Donald Junior. Eric le demeuré. Qu'ils brûlent tous en enfer. Et la fille presque oubliée, tous ces parasites accrochés comme des sangsues à la fondation bidon de leur père. Wilbur Ross, escroc et menteur, tout fripé telle une pomme gâtée. Flynn, Manafort, Cohen, Stone. Steve Miller, qui dirige le gouvernement dans l'opacité la plus totale. Brûlez en enfer.

Ils mettent des enfants, des *enfants de trois ans*, en cage, par milliers, des enfants désorientés, cachés, abandonnés. Des enfants qui ont marché des milliers de kilomètres pour se faire arracher aux bras de leur mère et jeter derrière un grillage, mal nourris, mal traités. Ils meurent, dans ces cages, comme ce petit, de déshydratation. Un seul, ce serait déjà trop, mais la liste est sans fin. Le mal du pays, qui empoisonne toute une ville avec de l'eau toxique. Qui chasse les Indiens de leurs terres sacrées, eux qui ont déjà enduré un génocide, sous prétexte d'y faire passer un oléoduc.

Ce n'est plus l'Amérique. C'est un spectacle indigne, une guerre des gangs de l'époque des films en noir et blanc.

UsurpaTrump ne fait pas la différence. Être le P-DG véreux d'une compagnie qui pique dans le tronc des pauvres sous le regard lascif des prêtres, ou président des États-Unis d'Amérique, ça revient au même, pas vrai ? Les hommes politiques jacassent sans fin, et personne ne prononce le seul mot que le peuple veuille entendre : trahison.

Le pays est à vendre au plus offrant, et CulbutoTrump est croupier à la table de craps, à rafler les jetons et à plumer la banque pour se remplir les poches.

Trahison. Personne ne prononce le mot. Tout le monde le pense, mais le mal s'est abattu sur eux par vagues successives, tellement sidérantes qu'elles dépassaient l'entendement, jusqu'à endormir totalement les esprits, jusqu'à ce que les scandales et les atrocités soient relégués de la première à la dernière page. Une atrocité après l'autre, qui les ont tous paralysés, réduits à l'impuissance et au désespoir, et dans ce désespoir qui les submergeait, ils ont regardé tout ce qu'ils aimaient, leur espérance, leur fierté, se faire massacrer par cet homme odieux dès qu'il ouvrait la bouche, dès qu'il signait un document.

Trahison. Ils attendent impatiemment le jour où ils iront cracher sur sa tombe.

Ce n'est pas en train de se passer.

Je ne suis pas là,

Je ne suis pas là.

Et ces noms russes, Kilimnick, Deripaska, ils n'en peuvent plus de ces noms qui les frappent inlassablement, comme les battements d'un cœur cruel. Brûlez en enfer.

Sur la banquette arrière, gras de tout cet argent, Rooney appuie inlassablement sur la touche « Replay », pour gratter la croûte de son propre désespoir.

Soudain, il pense à quelque chose et rouvre l'enveloppe de Trotmeier. Il fouille, mais ne trouve pas de billet d'avion.

Il interrompt la litanie du chauffeur pour demander : « Je n'ai pas de billet. À quelle heure est le vol ?

— Je pensais que vous étiez au courant. L'avion nous attendra. Détendez-vous. »

Lorsqu'ils arrivent à l'aéroport, des gardes ouvrent sur leur passage une grille latérale, un accès spécial grâce auquel ils traversent tranquillement le tarmac pour rejoindre un gros appareil étincelant.

De la porte ouverte descend une rampe au pied de

laquelle patientent le pilote et une sorte de steward. Le chauffeur de la limousine sort les bagages de Rooney, qui contiennent ses vêtements, un florilège de l'histoire de l'élégance de la fin du XXe siècle. Le pilote et le steward hissent les lourdes valises jusqu'à l'avion, pour revenir ensuite chercher Judge, qui monte l'escalier en bondissant tel un chiot fou, sans toutefois oublier de se retourner, ne quittant jamais son maître des yeux. Judge devient nerveux quand il perd Rooney de vue. Il faut dire qu'ils passent tout leur temps ensemble.

Alors commence la douloureuse ascension des marches, les décharges atroces qui lui perforent les jambes à chaque pas. Le steward lui offre son bras, mais Rooney décline sa proposition, s'aidant uniquement de sa canne.

C'est difficile à concevoir. Il n'est pas vieux, brûle-t-il de leur expliquer, il est atteint d'une maladie que personne ne comprend, pour laquelle il n'existe pas de traitement, une maladie évolutive qui le fait vivre dans la terreur de finir en fauteuil roulant. Il s'évertue toujours à se tenir droit, à garder un air fier dans la souffrance, alors qu'en réalité il a envie de pleurer et d'être réconforté par des bras aimants.

À un moment de sa vie, il a été déchu de ce droit, semble-t-il. Plus jamais personne ne le prendra dans ses bras, il le sait, si bien que parfois il serre Judge contre lui en sanglotant dans l'épaisse fourrure d'hiver. Il regarde le chien de ses yeux chassieux et lui dit : « Tu sais combien je t'aime ? Tu le sais ? » et Judge lèche la paume ouverte de son maître de son énorme langue, jusqu'à ce qu'il ait la main dégoulinante de bave.

Une fois en haut de la passerelle, Rooney patiente une minute interminable, le temps que le vertige se dissipe et qu'il puisse redresser sa colonne vertébrale.

Le steward demeure debout près de lui, les bras discrètement tendus, prêt à le rattraper en cas de chute.

Prêt à le rattraper. Le steward accepterait-il de prendre Rooney dans ses bras, rien qu'un instant ? Restait-il quelque part dans le monde de la tendresse pour lui ?

Il se remet droit, les étincelles rémanentes se dissipent et il pénètre dans l'appareil. Rien dans sa vie d'opulence débridée n'aurait pu le préparer à ce qui l'attend, et il suit le steward dans le petit salon, la salle à manger et la salle de bains en marbre avec douche vitrée, et enfin la chambre, sombre et luxueuse comme la sienne, au Cabanon. Il découvre aussi une cuisine totalement équipée, avec un chef aux ordres.

« Si vous avez envie de faire une sieste, nous pouvons tourner jusqu'à ce que vous vous sentiez reposé, propose le steward. Mais peut-être préférez-vous déjeuner d'abord.

— Ce serait parfait, répond Rooney. Merveilleux. »

Dans la salle à manger, le chef recule une chaise, non pas en bout de table mais à la droite de la place de l'hôte.

« Je vous conseille de vous attacher », suggère le steward, qui n'a vraisemblablement jamais eu à réciter le laïus le plus redouté de la langue anglaise : « Bonjour, je suis Vince (ou Alicia ou Keesha ou Sidney), votre barista pour la soirée. » Le steward ajoute : « Mais, dans le cas contraire, personne ne viendra pour vous jeter en prison. Et, bien sûr, vous pouvez fumer quand bon vous semblera. »

Rooney prend place et dépose la lourde serviette sur ses genoux tout en admirant le petit bouquet d'anémones dans son vase rond sur la table en acajou. Brusquement, comme par magie, ils sont en l'air, de plus en plus haut à travers les nuages, abandonnant en dessous d'eux la terre, ses édifices et ses cours d'eau, et le voilà qui survole le vaste océan azuré à dix mille mètres de hauteur, aveuglé par les reflets miroitants de l'aile rutilante.

On lui sert une salade avocat-crevettes, puis de la raie à la crème citronnée, accompagnée de minuscules pommes de terre sautées à la peau dorée et croustillante et d'un fagot d'asperges fraîches à la sauce hollandaise, liées par un brin de raphia savamment arrangé.

Le steward va et vient, sert et remporte les assiettes marquées au chiffre de Trotmeier en un élégant enchevêtrement XVIIIe, en or et bleu de Prusse.

À aucun moment le steward ne lui propose de vin, mais il se tient paré à lui resservir du thé glacé. « Avec un supplément de citron, n'est-ce pas, monsieur ? » Et Rooney acquiesce, médusé.

En dessert, il a droit à un gâteau au caramel fondant, suivi d'un *espresso* parfait, et soudain il ressent une grande lassitude. Si bien que, une fois la dernière assiette débarrassée et sa cigarette écrasée dans le cendrier Baccarat apparu comme par magie en même temps que le café, il titube légèrement lorsque le steward recule sa chaise. Il manque de tomber, mais il est devenu tellement adroit avec sa canne qu'il se rétablit rapidement.

« Vous devez être fatigué, commente le steward. Ça fait beaucoup, et un programme chargé vous attend ce soir. Que diriez-vous d'une courte sieste ?

— Parfait. »

Judge le suit dans la chambre, saute sur le matelas et s'endort immédiatement. Apparemment, le fait de voler ne l'intéresse ni ne le dérange le moins du monde. La seule chose qui importe pour lui, c'est d'être près de Rooney, dont il suit les moindres mouvements d'un regard somnolent, comme s'il risquait de l'abandonner d'une seconde à l'autre.

Mon Dieu, comme il aimerait que ce chien soit doué de parole. Toutes ces conversations époustouflantes qu'ils auraient.

Sur le lit, Rooney trouve un pyjama impeccablement plié, en coton frais et parfumé, mais il choisit de le poser soigneusement sur une chaise, préférant dormir en caleçon et débardeur – un marcel, comme on appelle ça.

Il s'allonge, avale ses cachets de midi avec une gorgée du verre d'eau glacée posé sur la table de chevet, à côté du cendrier, du paquet de cigarettes neuf et du briquet de table en argent massif qui lui rappelle aussitôt sa mère.

Il tire sur lui le couvre-lit en cachemire arborant lui aussi fièrement les initiales de Trotmeier, une immense couverture légère comme une plume et gansée de daim. Une fois installé, il fume jusqu'à ce que le sommeil le gagne. Il écrase alors sa cigarette, de crainte de sombrer sans l'avoir éteinte, ce qui lui est arrivé une fois. À son réveil, il s'était retrouvé avec une cigarette consumée pendant aux lèvres.

Il rêve de longs cercles lents, de descentes et de remontées en apesanteur, jusqu'au paradis, jusqu'aux bras de ce Dieu qu'il prie encore tous les soirs bien que sa foi l'ait abandonné depuis longtemps et que sa véritable religion s'inspire aujourd'hui du pari de Pascal, selon lequel il est plus sage de croire en un Dieu qui n'existe pas que de nier la présence d'un Dieu qui existe.

Il se réveille environné d'un ciel d'or pur à couper le souffle. Il a dormi une heure dix pile, comme d'habitude.

Il a à peine rouvert la porte de la chambre que le

steward apparaît avec un verre de thé glacé que Rooney boit d'une traite, tel un homme mourant de soif en plein désert.

« Prêt à atterrir, monsieur ? » Rooney hoche la tête tout en regardant l'homme donner une friandise à Judge. « Cent pour cent bio, précise-t-il. Le chef en a préparé une boîte pendant votre sommeil. Nous avons fait l'aller et retour jusqu'à Montréal.

— Charmant, Montréal.

— Tout à fait, monsieur.

— Mais frisquet.

— Il y avait encore de la neige au sol. Je vous propose de vous mettre à l'aise. Nous atterrirons dans quinze minutes. Si vous êtes prêt, naturellement.

— Bien sûr. » Il ne dort plus qu'avec des cachets et se réveille aussi somnolent qu'avant de se coucher. Ses jours et ses nuits ne sont plus qu'un pointillé de siestes, guère plus de quatre heures par nuit, parfois autant l'après-midi, entrecoupé de longues rêveries de somnambule.

Ils amorcent leur descente dans le ciel ambré et vierge de tout nuage, puis déchirent des nappes rose vif tirant sur le violet à l'approche du sol. Rooney n'a jamais vu cet aéroport. En haut de la passerelle, il trébuche et manque à nouveau de tomber, rattrapé in extremis par le steward avec une force et une délicatesse merveilleuses, sans la moindre pression, et ensemble ils rejoignent la voiture qui l'attend. Rooney est tenté de demander où ils se trouvent, mais au fond peu importe puisqu'il est porté par les bras de Trotmeier, par sa dévotion inaltérable et incompréhensible, jusque dans la mort.

Toutes les routes américaines ne sont qu'une seule et même route. Ils progressent en silence, et Rooney regarde défiler les panneaux, les concessions automobiles et les motels de passe où on loue les chambres à l'heure. Soudain elle apparaît, la statue de la Liberté, avec la cité d'or à l'arrière-plan, la nouvelle tour, les lumières qui embrasent la voûte céleste bleu sombre. Autrefois, c'était chez lui. Quelque part dans cette ville se trouve Carmela, du moins il l'imagine en train de s'habiller pour la soirée et de se parfumer le creux du cou et des poignets de Jicky. Rooney sent le soyeux somptueux des bas remontant le long de ses jambes, il voit ses pieds ravissants, la brosse lissant la chevelure, sa manière de retirer une boucle d'oreille en inclinant très légèrement la tête avant de parler au téléphone, geste éminemment sensuel, le plus érotique même qu'une femme puisse faire, il entend sa voix rauque et splendide dire « Allô ? ». Non loin d'ici se trouvent les clubs qu'il honorait autrefois de sa présence et où l'on décrochait pour lui les lourdes cordes en velours de l'entrée VIP avant même qu'il soit descendu de voiture. Quelque part, des acteurs, des chanteurs, des danseurs et des violonistes, des orchestres entiers se préparent à la représentation de ce soir. À 20 heures, aux quatre coins de la ville, dans des salles de toutes tailles, le rideau se lèvera sur des spectacles qui rempliront les cœurs d'effroi ou d'émerveillement. Rooney sent encore vibrer en lui cette extase.

Au bon vieux temps, une ou deux fois par an, il se dérobait aux sorties débridées et, seul chez lui, s'habillait en silence, splendidement, pour aller à l'opéra. Il achetait un billet de dernière minute au kiosque, à la petite dame derrière son guichet, et, assis à sa place, il attendait que les lustres remontent dans les ténèbres insondables du plafond et que le rideau se lève, avec un chuintement inimitable, révélant un monde qui demeurait pour lui impénétrable, une grandeur au-delà de son entendement. Il ne l'a jamais raconté à qui que ce soit, pourtant il a longtemps gardé cette habitude, même lorsqu'il ne pouvait plus se le permettre. Si on parle de grand opéra, ce n'est pas par hasard. C'est bel et bien grand, grandiose même. Son préféré était *Ariane à Naxos*, de Strauss. Avant même la première note, il en avait les larmes aux yeux.

La voiture se glisse dans la queue tonitruante menant au pont George-Washington, ce qui signifie qu'ils ont dû atterrir dans le New Jersey, à Teterboro, cet aéroport secret où sont basés les avions des plus riches.

La limousine s'arrête devant l'entrée latérale de l'hôtel Pierre, et le chauffeur se précipite pour ouvrir la portière. Judge sort d'un bond, entraînant Rooney au bout de sa laisse, et va se soulager en trottinant au coin de chez Barney's. Le temps qu'il revienne, les bagages ont déjà été chargés sur le chariot, et Ivan, le groom, l'accueille comme s'ils s'étaient vus la semaine précédente. Il est plus de 17 heures, et le cocktail a lieu à 18, si bien que Rooney a tout juste le temps de se changer pour être à l'heure.

À la réception, lorsqu'il présente sa carte de crédit noire, on lui répond que c'est inutile, que tout a déjà été réglé. La chambre est restée exactement en l'état : même couvre-lit, même ameublement. Un plateau débordant de fromages somptueux, de noix, d'olives et de petits sandwichs raffinés l'attend sur la table en marqueterie, ainsi qu'une bouteille de champagne. Les verres qu'il avait laissés là, ses propres verres – car ceux de l'hôtel n'étaient jamais assez grands pour le thé glacé –, sont disposés sur le buffet, et les stores et les rideaux sont ouverts, comme il aime. Ici, du moins, Rooney n'a pas été oublié.

Il enfile un pantalon noir Saint Laurent à galon de

soie le long de la jambe, une chemise de soirée en lin blanc bien que ce ne soit pas encore l'été et une veste Etro en soie noire à pois blancs. Il met la touche finale, ses John Lobb noires – « Oh, prends donc les noires », avait insisté son ami, le même qui l'avait abandonné cruellement sans donner aucune raison, après six mille mails –, et après un dernier regard dans le miroir à sa silhouette en noir et blanc et à la mèche écarlate dans sa chevelure immaculée, il lance à voix haute à son reflet : « Quelle petite idiote mollassonne. »

Il remonte la Cinquième Avenue à pied, dans la fraîcheur de ce soir de printemps, jusqu'au Metropolitan. L'énorme grille ouvre sur une cour au bout de laquelle se trouve le club lui-même, bastion des riches et des privilégiés depuis 1891. On l'accueille à l'entrée avant de le mener à la salle de bal. Lorsqu'il pénètre dans le magnifique espace aux murs couleur crème et à la décoration tout en fresques et trompe-l'œil, une foule y est déjà réunie. Pratiquement personne en dessous de soixante-dix ans, hormis la veuve éplorée, en robe de soie rouge et splendide collier en rubis et diamant avec boucles d'oreilles assorties, panoplie qui peine toutefois à camoufler sa dégaine de starlette des plages – pâle, vénale et insolente –, et une horde d'enfants et de petits-enfants, tous solennellement vêtus de noir mais souriants, accueillant chaque invité à la porte, disposés en haie d'honneur comme pour un grand mariage.

Le voilà donc dans une salle grandiose, grouillante de gens riches, sans doute des partisans de TruanTrump récoltant avidement les fruits de la nouvelle loi fiscale – suite au vote de laquelle, en pénétrant dans une salle remplie de généreux donateurs, le Bouffon orange avait beuglé : « Je viens de vous faire gagner un paquet de fric. » Abject.

Brusquement, Rooney se rappelle qu'il est riche, lui aussi. Il lui en a coûté cent vingt dollars de pourboires de parcourir la distance entre la voiture et sa chambre d'hôtel, mais le reste de sa fortune repose plié dans sa poche, la gonflant de manière éloquente. Plus personne ne se promène avec du liquide. Pour Rooney, c'est pourtant le seul argent véritable. Il espère qu'ils remarquent tous sa poche difforme. Comme ce jour où, encore très jeune et travaillant pour la Firme, voyant qu'il ne parvenait pas à se faire entendre d'une assemblée de nababs, il était allé s'acheter une fausse Rolex en or pour la somme astronomique de trente-cinq dollars. Après ça, avant de prendre la parole dans ces réunions, il remontait ses manchettes d'un coup sec et posait les poignets sur la table, exhibant sa montre en toc. Dès lors, chaque parole qui sortait de sa bouche était écoutée comme s'il était une sorte de prodige. Ce qui était vrai, pour tout dire.

Le costume Zegna bleu nuit qu'il portait pendant le voyage lui a coûté quatre mille dollars, avant qu'American Express mette le holà et lui retire en une seule lettre ses cartes Platinum, la bleue et la verte. À présent, Rooney ne reçoit plus que des missives d'avocats, qu'il n'ouvre pas, comme la plupart de son courrier.

Il n'en veut absolument pas à American Express. Ce sont les dernières cartes à avoir rejoint la boîte en argent sur son bureau, remplie de morceaux de plastique inutiles. Il a soixante-dix ans, et aucun espoir de posséder à nouveau une carte bancaire.

Mais il est riche en liquide.

Il avance dans la rangée d'accueil, marmonnant des paroles creuses qui n'expriment aucunement la profondeur de sa peine, même aux arrière-petits-enfants, splendides dans leurs robes en velours noir Bonpoint et leurs blazers d'écolier bleu marine. Pour eux, il n'est rien de plus qu'une poignée de main ferme et courtoise, il voit bien qu'il les ennuie déjà et qu'ils meurent de chaud dans leurs tenues impeccables.

Il a envie de dire : « Savez-vous que j'ai le cœur brisé ? Comprenez-vous le chagrin, le véritable chagrin ? Savez-vous quel homme délicieux c'était, tellement charmant ? Jurez-vous de vous en souvenir toujours ? Savez-vous combien il était beau, jeune ? Et qu'il a jadis été amoureux ? d'un amour qu'il n'a jamais oublié ? » Cependant, il ne dit rien de tout cela et a le sentiment de trahir la mémoire de son ami, de ce qu'il a été, de cet été à Southampton, tous ces souvenirs de l'époque où il amassait sa fortune, l'homme brillant, bon et docile qu'il était devenu après cette dernière soirée sur la piste de danse, lors de laquelle il avait perdu tout espoir de vivre dans l'intégrité et l'authenticité, avant d'opter pour une philosophie de la cupidité.

Puisqu'il ne pouvait être aimé, du moins pas de cette manière, pas comme il le désirait de tout son cœur, Trotmeier avait décidé de se protéger du ridicule en devenant monstrueusement riche. Peut-être la Diva était-elle venue le trouver, une fois qu'il était devenu le coq sur ce tas de fumier, pour lui demander des conseils, comment placer sa propre fortune colossale, gagnée en se déhanchant sur scène aux quatre coins du monde, après qu'elle aussi avait perdu tout espoir et compris qu'elle avait raté l'anneau doré au manège. Mais à cette époque Trotmeier n'était plus lui-même, et elle non plus. Le temps que son avion atterrisse à Los Angeles, elle l'avait déjà oublié. L'éternelle Diva. L'immortelle.

Après s'être acquitté des formalités d'accueil, Rooney déambule dans la foule sans reconnaître un seul visage, jusqu'au moment où il l'aperçoit, l'ultime cadeau de Trotmeier, l'ode à sa jeunesse. L'extrémité de la salle gigantesque a été modifiée. Des décorateurs de théâtre et des charpentiers ont transformé le mur du fond en réplique exacte du P.J. Clarke's, le bar où ils se ruaient après le travail pour se saouler à mort le plus vite possible. Il suffisait d'une visite pour que le barman se souvienne de votre nom. Au bout de deux, il savait exactement ce que vous buviez et comment vous l'aimiez. Ce même gars qui pouvait confectionner six cocktails et tirer deux pintes de bière sans même regarder ce qu'il faisait, et qui devinait que les chopes étaient pleines rien qu'au poids.

Et, près du bar, dans une bergère à oreilles de cuir rouge, Rooney aperçoit Trotmeier, un verre de cognac dans une main et un cigare dans l'autre. Au début, il pense qu'il s'agit d'un mannequin de cire, d'une exposition de Madame Tussaud. Mais, en s'approchant, il constate, en reconnaissant le visage émacié, que c'est *vraiment* Trotmeier. Il arbore un air calme et paisible et le maquillage subtil et génial lui fait le teint rose et frais d'un jeune homme à la barre d'un voilier.

Rooney sent les larmes monter, comme s'il découvrait le Parthénon par la fenêtre d'un hôtel miteux. Il s'approche et s'agenouille au pied du fauteuil pour faire tomber la cendre du cigare de Trotmeier, que changent sans doute régulièrement les serveurs diligents. Il porte toujours sa chevalière en or. Rooney la fait glisser furtivement du doigt du défunt et la fourre dans sa poche. Ils sont amis depuis pratiquement cinquante ans, il veut garder quelque chose, n'importe quoi, et il sait que Trotmeier la lui aurait volontiers donnée.

Il se remémore le jour où ils avaient acheté ce bijou dans une boutique d'antiquités, quelque part en haut de

Madison Avenue. Ils se baladaient en jouant à un jeu dont ils raffolaient. S'ils avaient cinquante mille dollars en poche, combien de temps leur faudrait-il pour les dépenser, entre la 57e et la 72e Rue ? Parfois, la partie se terminait avant qu'ils aient marché trente mètres. D'autres jours, ils allaient jusqu'au bout et il leur restait de la marge. Ils étaient jeunes. Ils pratiquaient le shopping imaginaire.

Mais un jour, alors qu'ils avaient presque parcouru toute la distance, ils avaient repéré cette bague dans une vitrine remplie de trésors anciens. Ils étaient entrés dans la boutique sombre et fraîche, où les avait accueillis un homme plein d'érudition et de préciosité, vêtu d'un costume noir parfaitement coupé. Ils avaient demandé à voir le bijou.

« Un spécimen très rare, messieurs, avait commenté le boutiquier. Magnifique. »

Il s'agissait, leur avait-il expliqué, d'une chevalière remontant à l'Antiquité, ornée d'une ancienne pierre romaine sertie d'or rose. La gemme était une cornaline en intaille, avec une gravure de la muse Europe chevauchant un tigre. Rooney et Trotmeier l'avaient voulue instantanément. Ils l'avaient essayée. Elle leur allait parfaitement, à l'un comme à l'autre.

Ils avaient fini par la jouer à pile ou face, et c'est Trotmeier qui avait gagné. Il avait payé le bijou dix mille dollars avec sa carte Platinum et il était sorti la bague au doigt. Rooney l'avait toujours envié et n'avait jamais oublié cette aventure. *Si j'avais gagné cette bague*, se disait-il parfois, *tout, absolument tout, serait différent* : sa vie dans son ensemble, même s'il évitait soigneusement de penser à l'évidence, à savoir qu'il l'aurait vendue depuis longtemps, comme son argenterie, un service pour huit Chrysanthème de chez

Tiffany, le motif le plus gracieux au monde. Il avait beau en adorer le poids dans sa main, et le fait de jouir de ces objets éblouissants lors de ses dîners solitaires, le jour venu, il lui avait fallu les remballer, dans leurs pochons en flanelle bleue Tiffany, pour les expédier à un revendeur de New York qui les lui avait rachetés une misère. Ils faisaient partie du trousseau de Carmela, cadeau de son horrible mère, et Rooney s'était parfois demandé s'il ne regrettait pas l'argenterie plus que leur union désastreuse. Aussi s'était-il efforcé de reconstituer le service, un couvert à la fois, dès qu'il touchait une petite somme.

Mais cette bague, la splendide cornaline, Europe chevauchant triomphalement le tigre, l'or rose, Rooney ne les avait jamais oubliés, pas plus qu'il n'avait surmonté le fait que, sans ce mauvais tour du hasard, la chevalière serait à lui depuis ce jour. Et à présent, c'est le cas. Il a la certitude que c'est ce que Trotmeier aurait voulu, pourtant il sent la bague irradier de la chaleur dans sa poche et s'imagine que tout le monde peut la voir, comme sur une radio un objet qu'il aurait avalé.

En se relevant, il tremble comme une feuille. Il embrasse la joue froide et creusée de Trotmeier, déjà piquetée de barbe naissante. La barbe continue à pousser après la mort. Pendant combien de temps ? Il l'ignore.

Ensuite Rooney se dirige vers le bar pris d'assaut par des clients braillant leur commande, comme au bon vieux temps, si ce n'est qu'aujourd'hui il y a autant de femmes que d'hommes. Le comptoir rutile – « Un bar propre est un bar heureux », disait Chemise, le plus grand barman du monde, ainsi surnommé pour avoir donné sa propre chemise à un client qui avait malencontreusement gerbé sur la sienne –, avec à son extrémité le bar à fruits de mer, derrière lequel un garçon qui ne doit guère avoir plus de dix-sept ans ouvre les huîtres comme un pro avant de les disposer par six sur des assiettes à une vitesse impressionnante. Tapissant le mur du fond, Rooney reconnaît le miroir familier et les étagères en verre garnies de centaines de bouteilles d'alcool.

Il est sobre depuis trente ans. Mais ça suffit. Le barman croise son regard et s'empresse d'approcher. « Quel plaisir de vous revoir », lance-t-il, et Rooney se rend compte que c'est Tommy, qu'ils appréciaient tous et qui retenait tout, leurs noms, le poison favori de chacun, et qui versait directement un double sans qu'on ait rien à demander. Il est vieux, à présent, préhistorique, pourtant il fait toujours le derviche tourneur derrière le comptoir.

« Gin tonic ? Avec du citron, pas du citron vert ? s'enquiert-il.

— Absolument, répond Rooney, les mains déjà tremblantes.

— Un gin de prédilection ?

— Monkey 47. » Il sait que c'est un alcool extrêmement rare, dont il a découvert l'existence à travers les magazines.

« C'est parti. » Et quelques secondes plus tard, le cocktail apparaît, dans son verre givré, rempli de copeaux de glace qui miroitent tels des diamants. Il est posé là, devant Rooney chahuté par la bousculade des clients pressés.

Le verre reste là longtemps, son flanc embué se striant peu à peu de sillons de gouttelettes. Rooney presse son quartier de citron dans l'alcool et regarde la peau blanche glisser au fond. Mais il n'y touche toujours pas.

Trente ans de sobriété. Toutes ces réunions dans des

salles obscures, les interventions des nouveaux arrivants, qui venaient chacun à son tour s'asseoir derrière le petit bureau pour raconter leur histoire. Au début, Rooney était fasciné. C'était un véritable jubilé, tous ces récits de déchéance dans l'addiction, à l'alcool, à la meth, au crack, à l'héroïne. Il y avait là une femme qui avait laissé son bébé dans une crack-house, et qui avait fait tout le trajet en voiture jusqu'à son ranch du New Jersey avant de se rendre compte, horrifiée et mortifiée, qu'elle l'avait oublié. Elle était remontée en voiture pour retourner à Harlem, mais *elle n'arrivait pas à se rappeler où se trouvait la crack-house.* Elle avait tourné dans Harlem toute la journée, allant frapper aux portes, en vain, jusqu'au milieu de la nuit, quand elle en avait enfin reconnu une. Elle était entrée et avait trouvé son bébé, en sécurité, changé et nourri. Les camés avaient pris soin de lui toute la journée comme s'il s'agissait d'une apparition, sans origine ni destination. Cette femme avait raconté que ç'avait été le moment de son salut et qu'elle n'avait plus jamais remis les pieds à Harlem, préférant passer ses journées à écouter des histoires semblables à la sienne, des histoires qui se terminaient toujours dans le désespoir et le chagrin insondable d'être tombé si bas. Et aussi dans la gratitude répétée inlassablement, tel un mantra creux, la gratitude d'avoir retrouvé une vie sobre et saine qui, pour la plupart d'entre eux, ne durait pas.

Son histoire à lui était un peu différente, à cause de la chose, du père dans la nuit, du viol dans la petite enfance qui faisait de lui une sorte de héros. Les hommes le prenaient discrètement à part pour avouer en bégayant, entre deux sanglots : « Il m'est arrivé la même chose. » Comme si Rooney pouvait poser les mains sur leur tête et les sauver de leur vie tragique et saccagée, comme s'il avait su accomplir quelque résurrection là où ils avaient échoué.

« Ma vie est en ruine, avait-il envie de leur hurler au visage. Je ne peux pas m'occuper de tes problèmes, en ce moment. Ni jamais. Je suis le jouet cassé dans la maison de poupée, mon pote, et jamais, jamais on ne pourra me réparer. Je n'ai pas un sou, zéro. Je vais me faire virer de mon appartement. Je n'aurai jamais d'enfants. Je mourrai seul. Et quand ça arrivera, on ne pourra pas réunir plus de quatre personnes pour mon enterrement. Alors pourquoi tu ne me fous pas la paix, putain ? Je ne peux pas porter ton chagrin. »

Au lieu de quoi, il prononçait des paroles courageuses et héroïques, il les emmenait boire un café et, en repartant, les gars étaient persuadés qu'il était un foutu messie de l'espoir, un sorcier guérisseur, et lui rentrait dans son appartement infesté de rats situé au-dessus d'un restaurant espagnol et d'un bordel chinois. Là, il continuait à envoyer des centaines de CV qui ne recevaient jamais de réponse, jusqu'au jour où il avait atterri dans le deuxième de ces asiles qu'il allait bientôt connaître comme sa poche.

Dans le quatrième et dernier établissement, il avait balancé au psychiatre à peine pubère : « Écoute, quand je suis entré en thérapie, tu n'étais même pas né, alors il serait peut-être approprié qu'une fois de temps en temps tu écoutes ce que j'ai à dire, tête de con. »

Mais il était resté sobre. Il avait trouvé du travail, un boulot invisible qui le rendait invisible au milieu de la ville étincelante, et il se préparait ses côtelettes de porc pour le dîner, portait ses draps sublimes au Lavomatic et errait le soir dans les bains publics, baisant quiconque était d'accord et ne faisait pas frénétiquement non de la tête quand il se présentait à la porte, sa serviette autour de la taille. Son corps jadis splendide se délitait, si bien que dans sa déchéance Rooney ressemblait physiquement à son père qu'il haïssait, au-delà même de la mort.

Trente ans. Le beau verre à portée de sa main. Maintenant ou jamais.

Il saisit le verre et prend une longue gorgée. Elle a le goût de la mort. Il la recrache sur le comptoir en acajou. Tommy éponge aussitôt les dégâts avec un torchon impeccable. *Un bar propre est un bar heureux*. Merci, Chemise. Rooney rend son verre, laisse un pourboire de quarante dollars en dépit des protestations de Tommy et recule comme s'il se tenait au bord d'un tombeau béant. Il se replonge dans la salle, cherchant désespérément du regard un visage familier. C'est alors qu'il repère Freddie Fekkai, avec à son bras une femme phénoménale de la moitié de son âge. Il fonce droit sur lui tel un voyageur mourant de soif dans le désert qui aurait aperçu une oasis.

« Freddie ! » lance Rooney aussi jovialement qu'il le peut, en se présentant. À New York, il est important de se présenter, même aux gens qu'on connaît depuis des années.

« Tes cheveux sont à chier, lui lance Freddie en guise de bonjour. Passe demain au salon, et trouve quelqu'un pour te les couper. Je le ferais bien, mais je n'ai plus touché une paire de ciseaux depuis des années.

— Tu n'as pas pris une ride », répond Rooney, et c'est la stricte vérité. Hormis un peu d'argent aux tempes, ce qui ajoute à sa séduction, Freddie n'a pas changé.

« Tu n'as qu'à venir de ma part. Ils s'occuperont bien de toi. Demande Angelo. C'est le meilleur. » Puis il attrape la beauté par la main et, dans le cliquetis des bijoux de la fille, s'éloigne à la hâte comme si son train arrivait en gare. Depuis toujours, Freddie se meut avec grâce, avec la langueur d'un chat au soleil, mais aussi une grande célérité, comme s'il craignait sans cesse d'être rattrapé par le virus Ebola.

« J'utilise toujours ton shampooing de merde, a envie de hurler Rooney. Espèce de sale con arrogant. »

Et brusquement, il la voit. Carmela. La comtesse Carmela. Il se dirige vers elle, splendide dans sa tenue de créateur verte et or, avec ruché autour du cou et aux poignets, sans toutefois dissimuler l'énorme Rolex en diamant. Elle rit, mais sans produire aucun son. Il a envie de se délecter encore une fois de la musique de son rire, fluet et ravi comme celui d'une enfant, mais il n'entend rien. Visiblement, elle s'ennuie ferme.

Il attend qu'elle ait terminé sa conversation pour s'approcher, aussi silencieux qu'un chat, et venir lui tapoter doucement l'épaule. Au moment où elle pivote, il l'embrasse tendrement sur la joue. « Tu te souviens de moi ?

— Tes cheveux sont à chier, répond-elle. Comment vas-tu, mon petit mari chéri ? » Tout en lui parlant, elle passe la salle au crible en quête de quelqu'un qu'elle connaisse, n'importe qui, puis baisse les yeux vers sa canne.

« Superbement, déclare Rooney.

— Eh bien, ça en fait au moins un.

— Je suis désolé.

— Ce n'est vraiment pas ta faute. Écoute, je suis enchantée de te voir, mais je suis en retard pour un dîner de charité et je dois me dépêcher. C'est moi qui le préside.

— Attends, l'implore Rooney. Écoute-moi juste une seconde. Il faut que je te le dise... »

Elle plante son regard dans celui de Rooney, partagée entre la curiosité et la terreur.

« Je t'aime. Je t'aime de tout mon cœur. Je t'aime depuis la seconde où on s'est rencontrés.

— L'expérience homosexuelle n'a pas fonctionné ? demande-t-elle d'un ton amer.

— Je n'ai jamais été très doué. Il n'y a pas eu un instant, pas une nanoseconde où je ne t'aie aimée. »

Elle marque une pause, enfin immobile et complètement concentrée.

Elle baisse ses yeux de chat cristallins, puis les relève.

« Je sais, dit-elle d'une voix douce. Je l'ai toujours su.

— Mais il faut que tu t'en souviennes, chaque jour, à chaque minute. » Il se met à pleurer. « Mon amie Holly m'a dit un jour : “Chaque fois que tu entreras dans une pièce remplie d'inconnus, chaque fois que tu te sentiras intimidé ou un peu craintif, tu devras garder la tête haute et te souvenir qu'il y a quelqu'un dans le monde qui t'aime et t'aimera toujours, où que tu ailles, quoi qu'il arrive.” Et même si tu ne te soucies plus du tout de moi, c'est l'amour qui est important. Je t'aime, et j'ai bien essayé de tuer cet amour, mais… il refuse de mourir. Au ciel, nous sommes toujours mariés. Promets-le-moi.

— Je t'en prie, ne pleure pas. Ça me met mal à l'aise. Ton amour est tellement écrasant qu'il me remplit le cœur d'effroi. Je suis navrée. Mais je m'en souviendrai. C'est promis. »

Debout là, ils se dévisagent l'un l'autre avec une sincérité absolue.

Carmela prend les deux mains de Rooney dans les siennes, chaudes et douces comme du daim.

Pendant combien de temps ? Il ne saurait le dire.

« Je peux te demander une faveur ? finit-il par murmurer.

— Je pense, oui.

— Lorsque tu mourras, si je suis encore en vie, voudras-tu bien me laisser un objet, un tout petit quelque chose ? Il y a une pensée pour toi, dans mon testament. »

Elle marque une longue pause, les yeux embués. « Bien sûr, répond-elle. Un petit quelque chose. Bien sûr, chéri. »

Puis elle ajoute : « Je suis désolée. Pour tant de choses. Mais il faut vraiment que je... que je...

— Que tu partes.

— Oui, acquiesce-t-elle avec douceur. Oui, je suis en retard et il faut que je parte. »

Elle retire ses mains et, en un instant, elle a disparu dans la foule. Il a la certitude qu'il ne la reverra jamais.

Elle est l'alpha et l'oméga, le début et la fin. Cette ultime vision d'elle, en train de quitter le Metropolitan, Rooney va devoir la faire durer jusqu'à son dernier souffle. Il n'y a plus rien à dire, plus rien à voir. Elle était sa jeunesse, sa vieillesse, son cœur.

Et il mourra bien avant elle.

À 20 h 45, un serveur en veste blanche se met à déambuler dans la salle, une liste à la main, attendant patiemment que les conversations s'achèvent, pour chuchoter à l'oreille des convives que l'heure du dîner est venue et que des cars stationnés dehors vont les emmener à La Grenouille.

Rooney aurait préféré marcher dans cette charmante soirée de printemps, mais il est déjà resté debout trop longtemps, à faire tapisserie pendant le bal, et la douleur dans ses jambes et ses pieds est intolérable. Il s'appuie si fort sur sa canne qu'il en a mal à la main droite. Cahin-caha, il suit les rares élus jusqu'aux véhicules.

En gravissant la première marche du car, il manque de s'effondrer, mais une main se tend derrière lui pour le stabiliser, et il réussit à prendre place sur la banquette en velours juste derrière le chauffeur, un siège à une place, de telle sorte que personne ne puisse s'asseoir à côté de lui. Il se sent écrasé par l'énormité de tout ça, la disparition de Trotmeier, celle de Carmela, sa sortie aussi définitive que la mort même et qui laisse un manque incommensurable dans le cœur de Rooney, son cœur à présent vide de tout sentiment, l'espoir comme le chagrin ou l'amour. Il ne reste plus rien. Il mesure en cet instant qu'il n'y a plus âme qui vive qui sache où il se trouve. Il est invisible dans le monde tangible. Il a un chien. Il loue le Cabanon neuf cents dollars par mois. Il a une chambre d'amis dotée d'un lit à baldaquin aux draps immaculés et à la courtepointe de soie, une chambre d'amis sans amis car personne ne vient jamais le voir. Qu'elles sont loin, ces fêtes de Noël fastueuses dans la grande maison. Il a dix mille dollars en poche et une carte American Express noire. Lui qui est ruiné, endetté, et qui de temps à autre reçoit un coup de fil en provenance d'Aurora, dans l'Illinois, ou de San Antonio, au Texas, auquel il lui arrive de répondre, simplement pour entendre une voix humaine et demander pardon.

Pourtant, le voilà sur cette banquette en velours, en route vers l'un des meilleurs restaurants du monde. En chemin, ils doivent passer au pied de la tour Trump, avec les curieux qui se prennent en photo devant la porte à tambour, aujourd'hui encore. TrompetanTrump. Si Rooney est invisible, il n'est pas à l'abri pour autant. Il détourne le regard, lorgne la vitrine de Bergdorf

Goodman, mais il perçoit tout de même le grondement, le roulement de tonnerre des trompettes trompetant de TrompetanTrump.

Dans ce car, il est entouré d'un échantillonnage de riches somnambules qui traversent leur existence exquise tels des automates, d'hommes et de femmes qu'a encore enrichis la récente baisse d'impôts décidée par Trump. Ils s'en moquent, ces gens, car leur richesse augmente même pendant leur sommeil, tandis que DévastaTrump détruit méticuleusement le monde. L'eau. L'air. Les écoles. Ainsi que les nations qui furent jadis leurs plus proches alliés et qui méprisent aujourd'hui l'Amérique. Ils s'en moquent, ces somnambules, car ils sont universellement vieux, et même s'il peut leur arriver de tiquer en lisant les gros titres, ils se préoccupent simplement du lieu de leurs prochaines vacances d'été – la France ou l'Italie ? –, ils ne seront pas là pour assister à l'inexorable anéantissement.

La grâce. La pureté. Le courage face au danger. Le drapeau claquant au vent. L'espoir et la promesse perpétuels dans lesquels son pays a vu le jour. Un espoir que leurs enfants ne connaîtront jamais, une grâce qu'ils ne posséderont pas. TrompetantrompeurtraîtreTrump.

Trump. Menteur. Escroc. Raciste. Immonde sac à merde. Un homme qui croit pouvoir diriger un pays comme un P-DG une entreprise, et dont chaque caprice fait basculer le premier domino d'une série infinie de renoncements et d'exactions, jusqu'à ce que tout repose en ruine à ses pieds. Les hommes politiques et les experts jacassent en attendant le rapport Mueller – celui-là même qui sera piétiné et brûlé avant que quiconque ait eu la moindre chance d'y jeter un œil –, comme si cet horizon servait de prétexte à leur inaction, à leur complicité. Dans cette Rome, tout le monde a un violon, comme Néron en train d'en jouer en contemplant le saccage, et la cacophonie stridente est assourdissante et noie le mot que personne ne se décide à prononcer : trahison.

Le car s'immobilise devant la célèbre marquise de La Grenouille, et ils en descendent en se bousculant. À l'entrée, ils se retrouvent nez à nez avec l'énorme composition florale, haute de près de cinq mètres, et le maître d'hôtel embrasse chaleureusement chaque invité sur les deux joues. L'homme est visiblement nouveau, car il n'y a aucune raison de prendre pareilles libertés. C'est le dernier des six grands restaurants de la ville, tous disparus, tués par la nouvelle cuisine, par les goûts changeants des New-Yorkais, toutefois il n'a rien perdu de sa perfection et de sa fierté mythiques.

On les conduit dans la salle à manger privée, une pièce somptueuse d'une hauteur sous plafond vertigineuse où Saint-Exupéry a écrit *Le Petit Prince*, à l'époque où l'immeuble abritait le studio d'artiste d'un de ses amis, du moins c'est ainsi que le veut la légende de l'établissement. La longue table centrale, qui peut accueillir jusqu'à cinquante-cinq personnes, a été dressée avec un goût exquis, des bouquets tous les deux mètres, un éclairage rose pour rehausser la beauté des convives et peut-être aiguiser leur appétit pour le repas interminable qui les attend.

Le menu n'a pas changé depuis la nuit des temps, si ce n'est que les quenelles de brochet sont aujourd'hui couronnées de caviar. Voilà des étrangers qui n'ont aucune intention de se laisser déloger par DespoTrump. Tout semble encore plus extravagant qu'autrefois, plus riche en beurre et en crème, présenté avec une sophistication extrême.

Rooney s'installe entre deux personnes qui semblent

le connaître et il voit très bien qu'elles sont atterrées par la mèche rouge dans ses cheveux. Il réussit à raconter une histoire drôle, la fois où les vigiles du supermarché s'étaient précipités en le voyant sortir de sa voiture pour lui demander s'il voulait qu'ils appellent les secours. Il avait mis un moment à comprendre la raison de leur empressement.

« Non, merci. Pourquoi voudriez-vous faire une chose pareille ? avait-il demandé, en appui sur sa canne.

— Eh bien, à cause de... » Et ils avaient désigné leur propre tête d'un air embarrassé.

« Non, non, je vais bien », avait-il insisté, mais il était évident qu'ils ne le croyaient pas.

Ses commensaux, ceux-là mêmes censés le connaître, n'ont pas l'air de trouver cette histoire amusante. Pas du tout à leur goût. Ils rajustent négligemment leur propre coiffure impeccable avant de se concentrer sur leur autre voisin.

En se détournant, la femme à sa droite fait brimbaler les boucles d'oreilles les plus énormes qu'il ait vues de sa vie, une cascade de diamants qui lui descend jusqu'aux épaules. De gros diamants, avec ça.

Je pourrais me les acheter, songe Rooney en jouant avec la carte noire dans sa poche. *Je pourrais, si j'avais quelqu'un à qui les offrir.* Mais il n'a personne. Ce qu'il désire, c'est une petite broche en rubis et diamant à porter au revers de sa veste, des diamants pour l'éternité et l'immuabilité des choses, et du rouge pour symboliser sa foi, son cœur battant, son amour inaltérable pour tout ce qui l'entoure, et son mépris, aussi.

Après son histoire drôle pas si drôle, il sait que la soirée est fichue, hormis en ce qui concerne la cuisine : les mets sont comme toujours succulents, les plats vont et viennent, jusqu'à ce qu'il soit épuisé de lever sa fourchette. Ainsi ignoré de tous, il pourrait tout aussi bien dîner seul, célibataire esseulé dans un des plus grands restaurants du monde. Le sentant isolé, les serveurs se montrent pleins de sollicitude à son égard. Après son île flottante, Rooney demande où se trouvent les toilettes – bien qu'il le sache pertinemment – et en profite pour quitter discrètement les lieux. Le seul sujet de conversation de ces gens, c'est l'argent, et il se demande à quel moment c'est devenu acceptable, quand s'est produit ce changement de paradigme. Toutefois, au fond de lui, il sait que c'est lui qui a créé ces gens, ces clowns obscènement riches, cupides, sans cœur et grotesques, il sait qu'ils sont leur invention, à Trotmeier, Fanelli et lui. La Firme les a produits à la chaîne, telles des poupées.

Il rentre au Pierre à pied, sous une fine bruine. Ils l'accueillent tous avec jovialité, comme s'il était le meilleur ami de l'hôtel et de son personnel. Ses jambes vibrent de douleur et, à plusieurs reprises, sa misérable canne patine sur le sol en marbre. Alors tout le monde se précipite vers lui pour prévenir sa chute. Ils sont tellement *alertes*, putain. Le regard clair et brillant, les gestes prompts et concis, et ce sourire apparemment sincère. Il aimerait tant qu'ils soient vraiment ses amis, pour les inviter pour le repas de Thanksgiving.

L'Amérique d'UsurpaTrump n'est qu'une vaste mascarade orchestrée par la société des riches, berceau de l'affectation suprême. Les pauvres, de plus en plus nombreux, ne peuvent se permettre de jouer, leur véracité naît des désirs qu'on leur impose de choses dont ils n'ont pas besoin et qu'ils n'ont pas les moyens de se payer. L'inquiétude permanente quant à leur propre survie ne laisse de place à rien d'autre. C'est quand il a commencé à remarquer le prix des articles à la supérette que Rooney a compris ça. Un dollar pièce, les citrons. Obscène. En le voyant mettre un filet de citrons dans son Caddie, une vieille femme noire avait commenté d'un air nostalgique : « Ça fait des années que je n'ai pas mangé un vrai citron. » Après être passé en caisse, il l'avait cherchée pour lui donner le filet, cette femme avec son chapeau vert délavé, mais elle était déjà partie et, depuis lors, il se sent coupable chaque fois qu'il achète des citrons.

Et le voilà aujourd'hui, dans un grand hôtel, avec sa suite à mille dollars la nuit, sous l'œil bienveillant des chasseurs et des concierges qui volent à sa rescousse, élégant dans son fin manteau de cachemire noir, beau sans doute, bien qu'il ait l'air beaucoup plus âgé qu'il n'est en réalité. Ils ignorent qu'il a acheté son manteau en cachemire Saks cent trente-neuf dollars sur eBay. Ils n'ont pas à le savoir. Dans le monde de CataTrump, la substance n'a plus de sens. L'apparence est tout. Les écoliers ne font plus la différence entre le sang fictif qui gicle dans leur jeu vidéo et le massacre irréversible dans les rues de Baltimore, qui détient le score de trois cent quarante et un homicides pour l'année dernière. Pour les victimes, il n'y a pas de touche « Reset ». Elles ne peuvent relancer une nouvelle partie. À mort la substance, gloire à l'apparence. Kim Kardashian est considérée comme une personne réelle qui tient des propos sensés et a un message capital à transmettre au monde. De jeunes hommes ordinaires défilent dans le campus de l'une des plus grandes universités du pays en scandant « Mort aux Juifs ». On est horrifié aujourd'hui, mais aujourd'hui devient hier, puis le mois dernier, et ces jeunes hommes retournent à leur quotidien de courtiers d'assurances ou d'étudiants en médecine.

L'Amérique de CataTrump. Où des survêtements

et des blousons d'aviateur recouverts de sequins se pavanent sur les podiums, et on appelle ça de la mode. Le pays de Rooney est devenu une fosse aux serpents grouillante de racaille, des gens que sa mère n'aurait pas laissés entrer chez elle. Des gens qui disent « voilage » au lieu de « rideau ».

L'Amérique du culte du vide. Les touristes viennent à New York pour se faire prendre en photo devant le logo des boutiques de marque dans lesquelles ils n'oseraient jamais entrer. Lorsque leurs amis leur demandent de leur raconter leur voyage, ils montrent ces photos, les postent aussitôt sur Facebook et Instagram, deux des plus grands fléaux du monde moderne. La mort de la vie privée, de l'intimité, cette idée que photographier son dîner avant de le manger est un acte signifiant et nécessaire.

« Là c'est moi chez Dolce & Gabbana ! Chez Gucci ! Chez Tiffany ! » Le tout en exhibant des clichés d'eux, avec leurs dents de travers, même pas *dans* la boutique ou en train d'acheter pour un prix astronomique une des horreurs en rayon, mais simplement *devant* la boutique, debout dans le froid, ou éventuellement dans le hall d'entrée, à quelques mètres à peine des mannequins à demi nus d'Abercrombie & Fitch. Est-ce tout ce dont ils se souviendront, en vieillissant ? Cette sinistre farce les rendra-t-elle fiers ?

DévastaTrump. Le monde entier sombre dans le chaos et la confusion, les pauvres croupissent dans le désespoir, dans leur vie sans citron, et les riches s'en moquent éperdument, tant que leurs voitures ont tout l'équipement de luxe et que les chromes de leurs yachts sont astiqués à la perfection par des immigrants qu'ils font mettre en cage.

Les flics haïssent ceux qu'ils sont censés protéger, les

Juifs haïssent les Noirs et les Noirs haïssent les Blancs et les Blancs haïssent tout le monde, surtout les musulmans, qui bien sûr sont sans cesse diabolisés par l'imbécile à moumoute orange, lequel passe un maximum de quatre heures par jour à diriger réellement le pays. En somme, les Blancs haïssent tout le monde sauf eux-mêmes.

Des oiseaux viennent s'écraser contre la vitre et s'effondrent à terre, raides morts, en laissant dans le verre une fêlure en forme d'impact de balle. Les agriculteurs sont en colère contre le manque d'eau, contre les taxes de DespoTrump qui détruisent leur outil de travail, ils portent leurs casquettes rouges et enchaînent et battent leurs chiens.

Toute la vie de Rooney n'a été qu'une longue élégie dédiée à l'enfance qu'on lui a volée. Lorsque les colibris cessent de voler pour se reposer, leur cœur s'arrête et ne peut plus repartir.

Sic transit gloria mundi.

Une fois dans sa chambre, il retrouve le même plateau de hors-d'œuvre ainsi que la bouteille de champagne intacts. Il sonne le service d'étage pour demander un pichet de thé glacé et le serveur apparaît presque instantanément ; cette fois-ci, c'est Ahmed, un visage familier, et il accueille Rooney avec le même enjouement que les autres, comme un vieil ami – et c'est peut-être le cas, au fond. Il sert le thé glacé dans les grands verres Baccarat que l'hôtel a gardés pendant toutes ces années, en parlant à Rooney de ses enfants, désormais adultes. Lorsque Ahmed prend congé, Rooney lui glisse subrepticement un billet de vingt dollars au creux de la paume avant d'aller s'allonger sur le lit pour contempler les lumières de la Ville merveilleuse, le tableau de Georgia O'Keeffe, par la fenêtre. Et il fume, inlassablement.

Il aime les matelas fermes. Ceux du Pierre sont tellement moelleux qu'ils donnent l'impression de reposer sur un édredon de barbe à papa, pourtant Rooney adore ça et il dort mieux ici que nulle part ailleurs. Lorsqu'il se réveille dans le noir, il regarde le soleil se lever sur l'East River.

Trotmeier a tout arrangé et chaque journée est une farandole de délices. Les déjeuners. Les promenades en calèche. Trotmeier a loué toutes les calèches de New York, dans lesquelles ils traversent Central Park sous une couverture en vison, avant de descendre la Cinquième Avenue jusqu'à l'arche de Washington Square. Trotmeier lui-même mène le cortège dans la voiture de tête, un foulard de soie volant à son cou.

Puis vient le week-end à Southampton, dans la maison de Trotmeier, celle-là même que Rooney avait louée un été, il y a si longtemps – cet été tristement célèbre où il avait trouvé Jools, leur adorable Baronne, morte d'une overdose dans son lit.

Puis c'est la sortie en mer à bord du yacht gigantesque de Trotmeier, lui-même installé à la place du capitaine dans la cabine, avec sa lavallière blanche autour du cou, sa veste brodée du nom du yacht, le *Cité d'or*. Tout le monde boit trop et se rend malade, et, de retour à terre, au soleil couchant, ils sont accueillis sur la plage par un buffet de homards à la nage, qu'ils dégustent en regardant tomber la nuit fraîche. Pour une fois, néanmoins, Trotmeier n'est pas présent.

Arrive le jour de la lecture du testament. Il y a tant de monde qu'il a fallu louer une salle privée au Metropolitan Club. Trotmeier a repris sa place dans la bergère en cuir. Il est vêtu d'un jean et d'un T-shirt blanc, comme s'il était las des fioritures et des signes extérieurs de richesse, comme s'il avait compris qu'il ne lui resterait pour finir rien d'autre que sa chemise. Malgré le fard, il a maintenant le visage bleu.

Il s'avère qu'il a légué une véritable fortune au Metropolitan Museum, une somme astronomique, ainsi qu'une remarquable collection de tableaux amassés au fil de sa vie. Puis on énonce les legs particuliers.

Cela prend une éternité et, bercé par la voix calme et profonde du notaire, Rooney se met à somnoler au son de l'interminable liste, les pensions colossales versées aux épouses, les fonds en fidéicommis pour les petits et arrière-petits-enfants. C'est trop pour Rooney. Les pourboires aux serveurs de ses restaurants favoris, l'appartement pour sa gouvernante… La voix du notaire se fait de plus en plus lointaine, et Rooney est sur le point de sombrer dans les bras de Morphée lorsqu'il entend soudain prononcer son nom.

Son nom à lui. « Êtes-vous dans la salle ? » demande l'homme de loi. Rooney lève la main. « À mon cher ami, avec qui j'ai vécu les meilleures années de ma vie, qui m'a touché au cœur lors d'une soirée que je n'ai jamais oubliée, et qui a assez souffert, je lègue la somme de deux millions de dollars et tout le reste de mes biens non attribués spécifiquement dans ce testament, ainsi que le petit tableau accroché près de mon lit. J'ai aimé beaucoup de gens et me suis marié quatre fois, mais c'est cet homme qui fut le véritable amour de ma vie, qui m'a toujours soutenu et n'a jamais failli. Et à ceux qui trouveraient ça étrange, je réponds : honte à vous. J'espère que ce legs lui rendra joie et sérénité et l'aidera à avoir une vie longue et heureuse. » Le notaire lève les yeux par-dessus ses lunettes pour s'adresser directement à Rooney. « Voici la notification, une copie vous sera délivrée ultérieurement. Votre conseiller financier se nomme M. Bennet Ashley. Vous avez rendez-vous avec lui demain à 11 heures. L'adresse vous sera également communiquée. »

Rooney reste assis là, éberlué. Le notaire lui parle d'un ton calme, en vieil oncle sage, comme si de rien n'était, comme s'il ne venait pas de lire à haute voix devant toute cette foule la déclaration d'amour d'un homme à un autre, un amour sans aucune attirance sexuelle, un amour qui n'a rien de honteux, et qui révèle ce que Rooney ressent en secret depuis des décennies. Il se rend compte qu'il pleure, d'abord doucement, puis assez fort pour que les gens tournent la tête et fouillent dans leurs poches pour lui offrir des mouchoirs en coton fin, qu'il refuse. Il préfère sangloter tout son saoul.

Après d'interminables formalités, ils finissent par partir. Un déjeuner somptueux est servi, mais c'est au-delà des forces de Rooney, qui par ailleurs est incapable de s'arrêter de pleurer. Il essuie la morve à son nez sur la manche de son costume, va aux toilettes pour tenter de se ressaisir, sans succès. Les vannes sont ouvertes et il n'y peut rien.

Cette fois-ci, il commande un taxi auprès du portier, qui lui répond que c'est inutile. Une flotte de longues voitures noires attend déjà et, en un rien de temps, Rooney est de retour dans sa suite au trente-quatrième étage. Là, il s'allonge sur son lit en guimauve et prend Judge dans ses bras, laissant le chien lui lécher les mains, et continue à sangloter jusqu'à ce qu'ils finissent tous deux par sombrer dans le sommeil, pour se réveiller au crépuscule.

Il se sent dans l'incapacité d'affronter un dîner de plus. Craignant de se faire bousculer sur la Cinquième Avenue avec sa canne, il commande une salade et prend son repas seul, dans une forme de paix enfin retrouvée. Tard dans la soirée, il sort le chien, bien que le concierge se soit gentiment proposé de le faire. Mais Judge refuse de se promener avec qui que ce soit d'autre que Rooney.

« On est riches, à présent, chuchote-t-il à l'animal tout en contemplant la vitrine de chez Barney's. On est même vachement riches. » Pourtant cette histoire de legs lui paraît totalement irréelle, comme si c'était en train d'arriver à quelqu'un d'autre que lui.

Le lendemain matin, il rencontre M. Bennet Ashley, qui lui apprend que son héritage s'élève approximativement à sept millions trois cent soixante-seize mille dollars, bien que le décompte ne soit pas encore définitif. Passé le premier choc, Rooney a droit à une très longue entrevue avec le financier, qui lui parle d'une voix douce et rassurante d'ecclésiastique. Rooney n'écoute pas un mot de ce qu'il raconte, se contente de hocher la tête aux moments opportuns, lorsque l'autre discute achat de titres et objectifs à long terme. Puis on lui suggère de rédiger un nouveau testament, et la chose se fait aussitôt, trois heures de charabia auquel Rooney ne comprend strictement rien. Il se décarcasse pour trouver à qui transmettre tout cet argent à sa mort, cherche au fond de son cœur un reliquat d'amour, un élan de générosité à l'égard de parents et d'amis pour lesquels en réalité il ne ressent rien. Hormis son frère chéri, à qui il parlait autrefois tous les jours, qui lui-même s'était retrouvé ruiné par le sort et qui avait le pouvoir de faire rire son cadet, jusque dans les heures les plus sombres. On explique à Rooney que le testament lui sera remis en main propre le lendemain matin avant 9 heures, à son hôtel, afin qu'il le signe. On lui précise qu'il faudra le faire à l'encre bleue, comme on le fait pour tous les contrats authentiques depuis l'avènement de l'électronique, afin de distinguer les originaux des copies. Puis il serre la main de M. Ashley et prend congé.

Il est abasourdi. Abasourdi, et à nouveau riche. Il se rend directement chez Tiffany, où il entre avec Judge en dépit du regard désapprobateur du portier, et achète un service pour douze d'argenterie Chrysanthème, le même que celui du trousseau de Carmela. Il prend tout en grande taille, d'énormes couteaux et fourchettes de vingt-cinq centimètres de long, lourds comme le plomb. Il y a des couverts à poisson, des cuillères à potage ou à entremets. Il exige même, sortie de leur réserve, une cuillère Saratoga, splendide et plate, conçue pour servir les chips pendant les courses de chevaux à Saratoga, dans l'État de New York, où furent inventées les chips. Il se fait envoyer le volumineux colis au Cabanon, par vol de nuit, sachant pertinemment que le carton attendra devant sa porte, intact, puisqu'il n'y a personne là-bas, et très peu de gens qui savent même où se trouve le bungalow.

Il règle le tout avec sa carte noire et sort, suivi jusqu'à la rue par un cortège de vendeurs qui s'inclinent et se confondent en remerciements.

Il se rend compte alors qu'il marche plus aisément, bien que les vagues de douleur dans ses jambes tentent toujours de le ralentir. Aux regards des passants qu'il croise, il sait qu'il est enfin devenu ce dont il rêvait dans sa jeunesse. Un vieux sémillant. Une femme l'arrête dans la rue pour lui dire que ce pardessus Dries Van Noten qu'il porte est la plus belle chose qu'elle ait vue de sa vie. Il sait qu'elle dit vrai, pourtant il la remercie avec humilité avant de reprendre son chemin en tâchant de ne pas s'étaler au milieu de la Cinquième Avenue. Les vieux sémillants ne commettent pas ce genre d'impairs.

Dans le courant de l'après-midi, son tableau lui est

livré, pas encore emballé pour le voyage, et, allongé sur son lit, le Richter à son côté tel un amant, Rooney caresse du regard chaque coup de pinceau, chaque nuance de lumière du petit paysage radieux représentant un vaste champ vert avec une maisonnette à l'arrière-plan, et des arbres encadrant la pelouse. Rien d'autre. Ni fioritures ni mystère qui expliqueraient le charme enchanteur de la toile, l'amour qui en émane et qui attire irrésistiblement Rooney dans cet écrin de verdure, jusqu'au Cabanon de Richter. L'œuvre est d'une beauté envoûtante, éternelle. Lorsque Trotmeier l'avait achetée, il avait suffi à Rooney d'un regard pour sentir la lame du poignard lui transpercer le cœur, et cet élancement aigu ne l'a plus jamais quitté. Et voilà que ce tableautin d'une valeur marchande inestimable est à lui. Trotmeier savait qu'il aurait pu le vendre, pourtant il le lui avait spécifiquement légué, à lui, certain que jamais Rooney ne s'en séparerait. À sa mort, a-t-il précisé noir sur blanc dans son testament, le Richter ira au Tate Modern, pour remercier Londres de toutes les heures heureuses qu'il a passées là-bas. Tout est déjà arrangé.

Les obsèques ont lieu le lendemain. Le cercueil en osier tout simple est présenté ouvert, perché sur un catafalque tendu de velours rouge. Trotmeier est drapé dans de la mousseline blanche, telle une momie, et seul son visage est visible, franchement bleu maintenant. Les proches défilent en une longue colonne, se pressant pour éviter l'odeur putride. Rooney marque une pause pour contempler la dépouille fanée du seul ami à ne pas l'avoir abandonné et à n'avoir jamais oublié. Cet ami qui considérait de son devoir de rendre à Rooney quelque chose de grandiose et de magnifique comme gage de leur attachement, de leurs moments de bonheur partagé, et pour le remercier de cette soirée où, sous la neige, à la lueur d'un réverbère, Trotmeier avait ouvert son cœur, sans doute pour l'unique fois de sa vie. Rooney finit par se rendre compte qu'on piétine derrière lui. Il se penche, manquant de basculer dans le cercueil, et embrasse le défunt sur le front, écœuré par l'odeur mais galvanisé par l'amour qu'il porte à cet homme. Puis il s'éloigne et bientôt on referme le cercueil et on le scelle avec des liens de raphia, puis quatre costauds font descendre Trotmeier en terre, à l'ancienne, à l'aide de bonnes vieilles cordes, au son des paroles mélodieuses tirées du livre de prières anglican. La cérémonie est brève, les larmes rares, même parmi les quatre épouses alignées sur des chaises au premier rang. Puis la foule se disperse, retourne lentement aux voitures. Pratiquement tout le monde en ressort plus riche que l'avant-veille.

Rooney reste en arrière jusqu'à se retrouver seul à regarder les fossoyeurs jeter des pelletées de terre sur le corps de cet ami qui l'a gardé dans son cœur. Il demeure planté là, et le chauffeur de la dernière voiture l'attend patiemment.

Une fois le trou comblé et Trotmeier dérobé aux yeux du monde sous un tas de terre noire, une fois son ami monté vers l'éther enveloppé de mousseline, le tissu le plus ordinaire qui soit, Rooney regarde les types baraqués recouvrir la sépulture d'une bande de pelouse synthétique d'un vert criard. Puis ils remballent leur matériel et s'en vont. Néanmoins Rooney ne bouge pas. Combien de temps reste-t-il assis là ? Une heure ? Plutôt deux. Ses jambes sont à la torture. Son chien lui manque. Aussi finit-il par se relever, titubant, luttant contre l'élancement atroce qui lui vrille l'aine et refoulant l'émotion qui lui chavire le cœur.

Il coupe une rose blanche sur l'une des innombrables

couronnes entourant la tombe et vient la déposer sur la fausse pelouse. Il a fait tout ce qu'il a pu. Il s'est montré attentif. C'est tout ce qu'on peut faire, au fond. C'est pour ça qu'on est sur cette terre.

Pour être attentifs.

Il a honoré son ami au-delà de toute considération de richesse ou de statut social. Il a laissé un morceau de son cœur sur un tapis de fausse pelouse.

Rooney regagne la voiture. Le chauffeur écrase sa cigarette avant de lui ouvrir la portière. De retour à l'hôtel, Rooney est accueilli par Judge, fou de joie, qui essaie de lui sauter dans les bras, mais il est trop vieux et trop gras. Son beau chien, le compagnon de sa vie. Il a trouvé le meilleur toiletteur de New York, qu'il a payé une somme exorbitante pour qu'il redonne à Judge son allure d'antan, sa prestance de fils de champion, ne fût-ce que pour quelques jours. Chez lui, la toiletteuse ne sait pas s'y prendre, bien qu'il lui ait montré des photos du résultat attendu. Entre des mains expertes, le chien est superbe, digne de son illustre grand-père le jour de sa victoire au concours de Westminster.

On annonce à Rooney que l'avion l'attend, et quelqu'un apparaît comme par magie pour faire ses bagages. À la réception, lorsqu'il tend sa carte noire, on lui répond que sa note a déjà été réglée, et que c'était un plaisir de le recevoir à nouveau au Pierre. Toutes ces courbettes finissent par l'impatienter et il coupe court le plus poliment possible.

Son tableau sous le bras, il quitte l'hôtel, sachant que c'est la dernière fois, non sans donner aux concierges (tellement *alertes* !) des pourboires faramineux. La voiture glisse silencieusement sur des routes inconnues, traverse le pont monumental enjambant le fleuve majestueux, et ils arrivent à l'aéroport. Ensuite l'avion, une autre voiture, et la maison, enfin.

Sur le pas de sa porte, Rooney trouve un énorme paquet, une caisse en bois sans aucune indication. Il entre sans difficulté car il est parti comme toujours sans verrouiller la porte, transporte la caisse à l'intérieur et la dépose sur la table de la salle à manger. Inutile de la déballer.

Il regarde autour de lui : les rondins qu'on devine derrière le plâtre inégal, le plafond cathédrale, l'énorme cheminée, les deux chambres minuscules, le lit à baldaquin dans lequel il dort, l'autre pièce remplie de portants auxquels il a suspendu son impressionnante garde-robe, dont certaines pièces ont plus de quarante ans, sa veste en tweed préférée, qu'il a achetée alors qu'il n'avait que vingt-cinq ans et qui est toujours impeccable.

Et maintenant, le Richter sur le manteau de la cheminée, attrapant la lumière de sa rivière bien-aimée sur laquelle les voiliers réapparaissent, maintenant que les beaux jours sont revenus. Judge court en long et en large sur la vaste pelouse, ravi d'être rentré à la maison.

La maison. Et le reste de sa vie qui s'étire devant lui telle une route de campagne désolée.

Il ne reste qu'une chose à dire. Qu'une chose à faire.

8

Maintenant, et pour les siècles des siècles

Il est riche. Dans sa petite banque de province, où on l'a connu si souvent à découvert, on en reste comme deux ronds de flan. Le téléphone sonne sans arrêt, et brusquement Rooney se retrouve avec une conseillère personnelle. Il est obligé de demander à cette femme de le laisser en paix, l'assurant qu'il la contactera s'il a besoin de quoi que ce soit.

On est en mai. Il loue une nouvelle maison, perchée sur un promontoire dominant la rivière, une ravissante bâtisse à bardeaux avec cinq chambres d'amis. Le loyer est démesuré, mais il s'en moque. C'est avec une certaine tristesse qu'il quitte le Cabanon, mais de toute manière les estivants commençaient à débarquer, au moins les week-ends, pour réparer les dommages de l'hiver et se préparer aux grandes vacances. Afin de préserver sa solitude, il a donc choisi le Grand Palais, entouré d'un terrain spacieux et doté d'une piscine, et même d'une petite dépendance où recevoir les amis, à l'autre bout de la propriété.

C'est un défilé quotidien d'antiquaires et de livreurs, on dispose meubles et tapis orientaux, on accroche des rideaux de soie – que le soleil décolorera, lui a-t-on expliqué, mais il s'en moque –, dans des tons exquis, ocre, olive et sable, le tout dans un style sobre, élégant et confortable. Ces teintes qu'il aime tant sur la rivière l'entourent désormais à l'intérieur de sa maison, et il est l'unique poisson nageant dans cet océan de splendeur. Il reçoit des appels de magazines souhaitant lui envoyer leur photographe, mais il décline systématiquement.

Le fauteuil de Morphée conserve sa place d'honneur, face aux larges portes-fenêtres donnant sur la rivière, de sorte que Rooney peut encore y passer des heures avec Judge endormi à ses côtés, à observer chaque nuance de l'eau changeante et la valse des marées. Lorsqu'il plisse les paupières, des poissons se mettent à glisser dans les pièces ravissantes parées d'objets et de meubles inestimables.

À présent, les pêcheurs d'huîtres voguent chaque matin dans son salon, le saluant immanquablement d'un geste de la main, que la rivière soit d'huile ou agitée, dans la fraîcheur qui gagne la maison et le fait frissonner, et qui disparaît avec eux.

Il ne voit là rien d'inhabituel.

Il y a bien longtemps, en regardant le prince Charles entrer dans l'abbaye de Westminster pour épouser l'infortunée Diana, Rooney avait remarqué que chaque élément de la tenue du prince était immaculé, tout le long de la cérémonie. Désormais, ce luxe lui est accessible. Cynthia, sa chère femme de ménage, qui sans jamais se plaindre a maintes fois attendu son salaire lorsqu'il vivait au Cabanon, vient maintenant tous les jours, accompagnée d'une aide à la carrure impressionnante. Elle repasse tout, même les caleçons de Rooney, lui conférant ainsi cette joie intime, ce sentiment de puissance et d'autorité qu'il n'a plus connu depuis ses jours de gloire et de bravade. Au temps de la Firme, lorsqu'il était le célibataire le plus convoité, le meilleur parti de New York.

À la demande insistante de M. Ashley, il a assuré le Richter pour un montant de cinquante millions de dollars. M. Ashley l'appelle tous les mercredis matin à 11 heures précises pour lui narrer les progressions fulgurantes de ses investissements avisés, grâce à la Bourse électrisée par DespoTrump et ses hommes de main ainsi qu'aux réductions d'impôts qui rendent les riches plus riches de minute en minute, cette société dont il est devenu un membre tout à fait mineur. Il n'en dit rien à M. Ashley, mais il sait qu'il pourrait claquer ces sept millions de dollars en cinq ans, cependant il a toujours la carte American Express noire de Trotmeier, à vie semble-t-il, et toutes ses factures sont mystérieusement acquittées par un fonds spécial prévu par son ami, qui savait pertinemment que le véritable génie de Rooney était de dépenser. Il est attiré par les beaux objets comme par un aimant, et désormais il ne demande plus le prix de rien. Il n'en tire aucune satisfaction particulière.

Il ne ressent que de la culpabilité.

Et de l'effroi.

Il continue à se réveiller au martèlement persistant de TrompetanTrump, toujours dans son étroit lit à baldaquin, et il contemple le coucher de lune dans l'obscurité ; il n'est pas seulement dégoûté, il est infecté, dans son esprit, dans sa chair, dans la moindre cellule de son corps, il meurt lentement du dégoût incurable qu'il a de cet homme qui prétend diriger le pays mais est en réalité à la tête d'un syndicat du crime géant, méticuleusement élaboré et redoutablement efficace.

TruanTrump est un *capo dei capi*, comme ces caïds qui se faisaient autrefois descendre en train de manger des palourdes chez Umberto, sur Mulberry Street. Il traite de haut les pauvres et les désenchantés, l'esprit visiblement de plus en plus dérangé à mesure qu'il assoit son pouvoir, et tous ses mensonges sont consignés par écrit tel le score d'un match de cricket, ce sport incompréhensible aux matchs interminables.

TrompetantrompeurTrump.

C'est désormais ainsi que bat le cœur de l'Amérique, alimenté par la cupidité qui coule dans les veines de son pays bien-aimé. Après l'ouragan Maria, UsurpaTrump est allé à Porto Rico évaluer les dégâts et discuter des réparations. Lorsqu'il croisait des groupes d'insulaires qui avaient tout perdu, il leur lançait des rouleaux d'essuie-tout. C'était censé les consoler. L'empathie, c'est bon pour les imbéciles.

Et pour recevoir les champions universitaires de basket à la Maison Blanche, il n'avait rien trouvé de mieux que des menus de fast-food froids, avec la sauce servie dans des petits bateaux en argent. C'est ainsi qu'on honore et qu'on célèbre les champions. Putain. Putain de putain.

Et maintenant, en plus de sa fureur, Rooney porte la culpabilité incontrôlable d'être l'un des leurs, d'être complice.

Sa seule consolation est son tableau, qu'il n'a pas encore accroché, préférant le tenir entre ses mains pour le contempler pendant des heures en s'imaginant traverser la longue pelouse verdoyante pour aller se réfugier dans la modeste maisonnette, au loin.

Richter est son cœur, son amant, son ami. Il rêve de le rencontrer, de se planter en face de lui pour pleurer de gratitude, il veut que Richter l'enlace et lui dise de regarder simplement le tableau, et qu'alors tout ira bien.

Il n'a rien dit à personne, pour l'argent. Il a envoyé

des chèques anonymes à tous ceux qui lui sont venus en aide, une liste interminable de laquelle il a rayé les noms un à un. Certaines de ses dettes remontaient à trente ans. Il imagine les gens de sa liste recevant leur chèque et tentant en vain de trouver d'où il provient.

Peut-être qu'une nuit ils se réveilleront au milieu d'un rêve en ayant une illumination, qu'alors ils sauront qui est derrière tout ça, et ils se promettront de l'appeler le lendemain matin, parce que après tout personne ne change de numéro de téléphone. Mais au matin leur bonne volonté cédera devant d'autres inquiétudes, leur cancer de la prostate, leur fils qui fait son *coming out* et vient leur présenter son mari – son mari, bon sang !

Les outrages sans fin de la vieillesse.

Enfin, un matin de mai à l'aube, le 28 exactement, en se réveillant Rooney aperçoit la pleine lune argentée qui finit de décliner par la fenêtre, et il sait que le jour est venu, que c'est aujourd'hui.

À regarder les poissons défiler sur son papier peint Zuber, il a bien conscience d'avoir perdu la tête. Il a passé assez de temps à l'asile au cours de sa vie pour savoir que le Grand Palais est le plus grand et le plus somptueux d'entre eux.

TrompetanTrump. Terminé.

La maison est parfaite, décorée d'objets rares et splendides. Il ne doit plus un seul cent à quiconque en ce bas monde. Il ne sera jamais libre, jamais heureux. Il ne sera jamais comme les autres, jamais il ne comprendra comment ils parviennent à passer de l'ombre à la lumière, puis de nouveau à l'ombre, à porter le poids de leur âme dans ce monde infect et morbide. Il en a terminé.

Il est fou.

Il boit son café en paix en regardant Judge profondément

endormi sur son coussin par terre, qui se retourne de temps à autre ou gratte l'air de sa patte comme s'il l'entendait, lui aussi. Rooney trouve soudain ça terrifiant, allongé dans son lit sous sa courtepointe en soie dorée.

TrompetanTrump. Ce n'est pas entièrement sa faute. Ce jour serait arrivé de toute manière, Rooney l'a toujours su. Avec un calme olympien, il fait glisser la chevalière de Trotmeier de son doigt, ce bijou précieux avec sa pierre millénaire, pour la poser sur la table de nuit.

Ceux qui la trouveront n'auront aucune idée de sa valeur, ou de ce qu'elle a représenté pour lui, sa vie durant.

Il s'habille dans le noir. Fort élégamment. Un vieux sémillant. Pantalon fuseau noir Alexander McQueen, chemise Etro d'une magnifique sobriété et pull en cachemire Henley de chez Tom Ford. Il n'a pas le souvenir d'avoir acheté aucune de ces pièces, comme si elles appartenaient à quelqu'un d'autre, quelqu'un qui n'existerait plus.

L'autre jour, alors qu'il promenait Judge en ville, une voiture s'est arrêtée à un feu rouge, avec deux femmes à l'avant. Celle côté passager a baissé sa vitre pour lui crier : « En voilà un beau chien ! » et il a ri, avant de la remercier comme il le fait toujours, puis le feu est passé au vert. Mais, juste avant que la voiture redémarre, la femme a ajouté, en le détaillant des pieds à la tête : « Et dites donc, vous n'êtes pas si mal, vous non plus. » Puis elle a remonté sa vitre et elles ont disparu, sombrant dans l'oubli de ce vaste et superbe monde.

Une fois habillé, il lace ses chaussures John Lobb qui ont traversé toutes ces années sans s'abîmer, il réveille Judge et lui gratte interminablement le ventre, tandis que le chien reste couché sur le dos, ivre de plaisir. En regardant Judge se lever et s'ébrouer, lui lécher le visage et la paume, se préparer à cette journée qui, dans sa vie de chien, sera semblable à toutes les autres – manger, dormir, courir sur la pelouse –, Rooney se rend compte qu'ils sont semblables, sur ce plan. Pour lui aussi, la vie est une suite de rituels immuables, contempler la lune mourante, boire son café dans la tasse achetée avec Marie, s'habiller pour personne.

L'infinie monotonie de la cigarette.

Tandis qu'il accomplit sa routine matinale, il ouvre de plus en plus son cœur à la beauté du monde, du vaste paysage américain dont il reste tant à découvrir, au miracle immortel de l'amour, du premier amour, du dernier amour, qu'il se remémore à présent avec une clarté et une tendresse absolues. La beauté des enfants. L'amour des mères et des pères. Les mains du prêtre sur sa tête lorsqu'il avait sept ans, la bénédiction furtive gravée dans les recoins de son cœur attendri, jamais oubliée.

Tout ça pénètre dans son cœur et son âme, et il transporte précautionneusement sa tasse au salon pour regarder le soleil se lever sur toute cette splendeur. Le moment est enfin venu d'accrocher le Richter.

Il saisit le petit crochet et le fixe à l'endroit décidé depuis toujours, sur le mur ombragé près du fauteuil de Morphée, où la toile sera baignée de lumière sans être exposée aux rayons directs du soleil.

Tenant solidement le tableau, il se penche pour placer le filin sur la patère. Mais alors le cadre doré s'effrite entre ses mains, se transforme en sable d'or qui lui glisse entre les doigts et vient se déposer en tourbillons à ses pieds, avant de disparaître, ne laissant par terre qu'une fine poussière étincelante que Cynthia devra balayer. Puis les couleurs de ce chef-d'œuvre, de cet objet qu'il aime plus que tout autre au monde, son dernier amour terrestre, pâlissent soudain, la vaste pelouse verdoyante, la petite maison blanche, tout devient de plus en plus flou, inerte, jusqu'à ce qu'il ne reste plus qu'une toile vierge, mouchoir blanc flottant dans l'air pour venir à son tour tomber à ses pieds.

Les murs de la maison reculent et s'effacent, ses trésors se fripent et se craquellent un à un, les tapis, les vases chinois, les rideaux de soie et, à la place, les murs en bois chaulé du Cabanon réapparaissent, minables, miteux, dans leur pitoyable prétention à créer l'illusion d'un foyer, et la cheminée disproportionnée avec ses belles flambées d'hiver qui ne dégagent aucune chaleur.

Le Cabanon se referme autour de lui comme une cellule de prison. Il saisit le téléphone pour vérifier son solde bancaire. Il est à découvert de huit cents dollars.

Il n'a pas besoin d'appeler M. Ashley. M. Ashley n'a jamais entendu parler de lui.

À sa grande honte, son ultime fantasme n'a pas été le salut ou la grâce, mais la possession, et à présent il s'est totalement dissipé. Au lieu de s'émerveiller du miracle de la foi, il a trop longtemps vénéré Mammon.

Il n'a pas payé son loyer. Au lieu d'appeler M. Ashley – est-il même réel ? Ont-ils jamais parlé ensemble ? –, il doit reprendre ses appels sans fin, pour mendier son pain auprès de gens qui soit n'ont pas les moyens de l'aider, soit n'en ont plus l'envie.

Il consulte le répertoire de son téléphone. M. Ashley ne s'y trouve pas. Il n'est pas classé dans les A. Ni dans les B. Lorsque Rooney demande à Siri d'appeler M. Ashley, il n'a droit pour toute réponse qu'à un silence affligeant. Nan. Pas de M. Ashley. Il remercie Siri et s'empresse de raccrocher. Toute cette partie de sa vie s'achève dans un simple clic.

Dans sa poche, il trouve un stock de trois mois de Klonopin. Il n'en a jamais autant sur lui, mais il a raconté à la pharmacienne qu'il partait passer l'été en Europe, et elle a accepté de le dépanner.

Tandis que Judge tourne frénétiquement dans la cuisine, dans son insouciance et son impatience d'être nourri, Rooney écrase tous les cachets avec un mortier et un pilon en marbre jusqu'à obtenir une fine poudre bleue.

Il se rend dans le garde-manger et verse une portion de croquettes dans la gamelle de Judge, qui est maintenant proche de l'hystérie. Avant de la lui donner, il répand sur la nourriture la poudre bleue, plusieurs grammes, et mélange le tout avant de déposer la gamelle par terre. Elle n'a pas encore touché le sol que Judge a déjà la truffe dedans. Une fois qu'il a avalé son repas, en moins d'une minute, il lève vers Rooney un regard ravi, trépignant, impatient d'aller courir dehors, mais Rooney l'amène jusqu'au fauteuil de Morphée en lui disant : « Viens. Saute. Reste avec moi une minute. J'ai trop mal pour aller me promener, pour l'instant. »

Judge obéit et vient coller sa tête contre celle de Rooney, le gratifiant d'un bon gros baiser du matin, aimant mais bref, car il sait que son maître n'aime pas qu'on lui lèche le visage, hormis pour ce bonjour rituel, au lever. Puis il se blottit dans les bras de Rooney, qui tend la main pour attraper une cigarette et l'allume avec son Zippo en argent.

À présent, il pleure et serre le chien contre lui, Judge qui gigote et veut sortir dans la splendeur du matin pour aboyer au passage des ostréiculteurs, comme chaque jour. Mais, soudain, il est pris d'une envie de dormir, et il pose la tête contre la poitrine de Rooney en léchant négligemment son pull. Puis il s'arrête de lécher, sa langue retombe mollement et Rooney pose la main sur le cœur de son compagnon et sanglote désespérément, comme la première fois qu'il a perdu un chien, et toutes les fois qui ont suivi. Mais celle-ci est la pire.

Un dernier spasme, les pattes qui s'agitent frénétiquement comme si Judge tentait de s'échapper, de fuir ce qui lui arrive. Il a eu une vie pleinement heureuse. Ce n'est pas une excuse, mais c'est la seule consolation.

Rooney pleure indéfiniment, il a envie d'appeler quelqu'un – on a toujours la pulsion de partager son chagrin, mais qui reste-t-il ? Et que racontera-t-il ? Qu'il a tué son chien adoré à cause du désespoir qui lui ronge le cœur depuis soixante-dix ans, parce qu'il a fini par renoncer à porter ce poids et qu'il a perdu la tête ?

Il a tué son chien en prévision du grand événement, il ne peut rien faire de plus atroce que ça. Il aurait pu laisser Judge dans la maison, où Cynthia l'aurait trouvé. Elle l'aurait pris chez elle, et elle l'aurait aimé, car son amour emplit tout ce qu'elle touche.

Judge pèse de plus en plus lourd contre sa poitrine. Après les convulsions, son cœur a battu encore quelques secondes, puis s'est arrêté. Rooney se dégage précautionneusement, pose la tête de l'animal sur un coussin de soie ruiné par la bave, puis se lève en beuglant et regarde le cadavre de son Judge bien-aimé.

Il ne supporte pas cette vision. Son chagrin est si profond qu'il ne voit plus rien.

Rapidement, il quitte la maison en braillant de souffrance, il pleure Judge, son pays, toutes les choses vivantes, il pleure la ruine irréversible et absolue de sa vie en s'avançant dans l'éclat aveuglant de l'aube naissante. À midi, il fera chaud. Il y aura des mouches.

Il se dirige vers le bout de la pelouse d'un pas vif,

en direction du précipice et de la plage hérissée de rochers, en contrebas.

Il n'a pas mal. Pour la première fois depuis dix ans, il se tient droit dans la brise qui soulève sa chevelure. Il vérifie scrupuleusement ce qu'il ressent et constate qu'il n'y a pas la moindre douleur. Il lâche sa canne, accessoire devenu inutile.

Il n'a pas le temps de réfléchir. Pas le temps de prendre une décision.

Il s'est battu aussi longtemps et courageusement qu'il a pu. Mais la lutte prend fin ici et maintenant.

TrompetantrompeurTrump.

TrompetantrompeurtraîtreTrump.

Un Rooney bien frappé. Cul sec.

Et il saute.

L'espace d'un instant, il vole et le monde d'un bleu-vert iridescent, beau à pleurer, tourbillonne tout autour de lui dans la volupté de l'air, le soutenant comme les aigles, et il vole avec les aigles en s'appuyant sur la brise qui monte de la rivière. L'air est doux, de plus en plus frais à mesure qu'il monte, d'une fraîcheur délicieuse, et il savoure la liberté de glisser sans douleur au-dessus de cette rivière qu'il a tant aimée et qu'il voit maintenant dans son intégralité, ses couleurs, ses marées, les poissons flottant dans leurs courants mystérieux. Pendant une fraction de seconde, il aperçoit les pêcheurs d'huîtres, tout en bas.

Puis c'est la chute.

La chute dans la gloire infinie, jusqu'à l'aube des temps, la chute vers la foi retrouvée, dans la paix.

Il chute, enfin, vers sa propre innocence.

FSC
www.fsc.org
MIXTE
Papier issu de sources responsables
FSC® C003309

10/18, une marque d'Univers Poche, est un éditeur qui s'engage pour la préservation de l'environnement et qui utilise du papier fabriqué à partir de bois provenant de forêts gérées de manière responsable.

Imprimé en France par CPI

N° d'impression : 3039077
X07644/01